第二十回「伊豆文学賞」優秀作品集

目次

小説・随筆・紀行文部門

最優秀賞　（小説）

熱海残照《あたみざんしょう》

中尾《なかお》　ちゑこ

一

「滝沢さん、乗ってかない。僕も駅までお客の出迎えですよ」

振り返ると、個人タクシーの権田喜久雄が半開きの窓から白髪をのぞかせている。同じマンションの住人だ。

四十年前、バブルの時代に先駆けて建てられたリゾートマンションも今では高齢者施設と化している。六十の部屋数のうち十部屋近くが売りに出されているらしい。

大半はセカンドハウスとして使われているので所有者はいても留守宅が多い。学校の休みや正月、連休の時期はロビーに子供の歓声が響き、駐車場も他県ナンバーの車が並ぶ。が、普通の日々は人影もなく、空気さえも天井の片隅でひそやかに流れをとめている。

滝沢千代や権田のように生活の場として使用している住人は二十人もいないだろう。ロビーにはビリヤード台や大袈裟なマッサージチェアが鎮座しているが、使っている人をめったに見かけない。

千代が海岸近くの自宅兼小料理屋をたたんで、梅園から熱函道路に向かう途中にある現在の中古マンションを買って、そろそろ十年になる。

梅園沿いのバス停から脇の坂道を五十メートルほど上がる。日当たりもよく、相模湾を見下ろす高台にある。天気の良い日には海に初島や大島が浮かぶ。真鶴半島から続く伊豆山にかかる山霧の変容する様子は見飽きることがなく、海と山と空は四季折々に、また天候により、わずかな時間でも色合いを変えていく。

この日、千代はぼんやりとカレンダーをながめていて、ハッと気が付いた。月めくりのカレンダーで記入スペースがたっぷり取ってあるが、いつも真っ白。予定なんかないのだ。しかし、もらい始めた年金が先月振り込まれていることに気付いたのである。久しぶりに着替えて外出することにした。声をかけてきた権田は千代より四、五歳年上だと思う。

「いいの？　二時台のバスに乗り遅れちゃって、次は四時でしょ。部屋に戻ろうか、下まで歩こうかと迷っていたところなの」

権田が開けてくれた自動ドアから体を押し込み、安全ベルトを締める。

「バスの本数、減っているようだね」

千代は頻繁に外出するわけではないので、さほど不便は感じないが、駅から来宮神社、梅園を経由し、十国峠で折り返す定期バスは以前より少ない。

週に一、二回、商店街で日用品や食料を買う。ときには銀行で現金払いの生活費を引き出す。月に数回は一回り年上で老人介護施設に入居している野崎弥生を見舞う。その程度の外出だ。毎朝六時に起きて、夜十時過ぎに休むまで、しなければいけない仕事も習い事ももっていない。

マンションの駐車場わきにある二坪ほどの空き地に季節ごとの花や薬味の野菜を植えている。千代の植えるものは園芸店で買ったものでなく、自然に繁茂し、持て余している近所の庭先や畑で分けてもらったものである。

大雨や大風の日以外は、午前と夕方の二回は庭に顔を出す。庭に出たついでに運動不足を解消するためマンションの周りを半時間程度散歩するのが日課だ。梅園まで足を延ばすこともあるが、そうすると二時間ほど経っている。

梅まつりとか、もみじまつりのような人出の多い時期は避ける。夏、濃い緑の樹木を通り抜ける風や、冬、葉の落ちた木立の陽の中を歩く。梅園は急な斜面を利用して造園されているが、歩道は縦横に迂回しているため疲れは感じない。園のほぼ真ん中を走る渓流のせせらぎの音が心地よく体に響き、気持ちまで新鮮になる。閑散期は入場料もなく、駐車場も無料だが人気はない。千代とて商店街で暮らしていたころは、梅園に出向くこともなかった。

散歩から戻るとベランダで新聞や週刊誌を読むか、カウチに横になりテレビを見ているうちに寝入ってしまう。ずいぶん眠ったような気がして目覚めると一時間も経っていない。短時間でも眠りの世界に入ったあとは体が軽くなる。そこで手早く夕食の支度をしておき、地下一階の温泉に行く。

若いときと違い、夕食には夏はビール、冬は焼酎のお湯割り、酒のつまみぐらいで十分だ。テレビでドラマや旅番組、再放映の昔の映画などを見ているうちに本格的な眠りに誘われて一日が終わる。

千代の人生で、今が一番穏やかで気儘な時間ではないかと思う。

「こないだもらったタラの芽とフキノトウの天ぷら旨かったよ」

「今の時期しか食べられないから。天ぷらなんて一人分作っても美味しくないし、マンションの土手沿いで沢山採れるから。隣の斎藤さんや、二階の横山さん、五階の伊東さんにも分けたのよ」

「この歳になると旬のもんが口に合うよ」

「一月もしたら筍、その次は明日葉や野蒜のお浸しが食べごろかな」

「滝沢さんの趣味は料理ですか？」

〝趣味〟なんて考えたこともなかった。改まって聞かれると答えに戸惑う。

前を向いたまま運転する権田のシャツからのぞく首筋のシワが意外と深い。正面から顔を合わせると気付かないが、痩せたように見える。短く刈り込んだ頭をのせている首も頼り気ない。

口ごもったまま、逆に聞き返す。

「じゃ権田さんの趣味は」

「俺の趣味？」

「そう、楽しんでいることとか、夢中でやってきたこととか」

答えは直ぐに返らない。見通しの悪い交差点を右折しつつ、思い付いたことを言う。

「パチンコ……いや、遣った金ではマージャンか」

どっちにしても同じかと首をすくめる。お互い高尚な趣味など持ち合わせていないということだ。

「清水町のバス停近くで降ろして」と言ったとき、ハンドルが不安定に振れ、千代の体も傾き、椅子に手をつき姿勢を持ち直した。

「地震？」

「……らしい。大きいな。震源地どこかな。車の運転中って、めったに感じないけど……」

窓から見た街も普段と変わった様子はない。車が千代の目的地に近づいたとき、権田の携帯が鳴った。

「すいません、今、運転中です。折り返し電話します」

すでに車は千代が立ち寄ろうとしたスーパーマーケットの駐車場の出入り口手前にいた。

「ちょっと、そこの駐車場に入れるで」

昼時や夕方は満車になる広い駐車場も三時前では空いている。出入り口は傾斜していて片道一車線しかない。ひっきりなしに車が行き来する。路上には停める場所がない。スーパーで買い物をし、レシートを見せて駐車券に判をもらうと一時間は無料になることを千代は知っていた。

権田は先ほどの携帯に折り返し電話した。

「……そうですか、……そうですか。大変ですね。わかりました」相手が目の前にいるみたいに顎を上下に動かしている。

やがて、パチンと勢いよく携帯のカバーを閉じた。

「何かあったの？」

「いや、迎えのお客からだ。さっきの揺れね、東北の方らしいよ。彼は車の部品関係の会社を経営していてさ。仙台の工場に電話がつながらないらしい。小田原まで来たけど、今日は一旦東京に戻るということだ。つまり仕事のキャンセルさ」

「じゃ、私を送ってくれただけになって、悪いわ」

「別に滝沢さんのせいじゃないよ。俺もどうせ戻るから、また送って行くよ。駐車場の隣の喫茶店でコーヒーでも飲んで一服しているから、買い物してきて」

千代は商店街をブラブラし、久しぶりで弥生の施設に顔を出そうか、とも思っていたが、権田に渡す無料駐車券や、東北での地震というのも気になる。

「じゃ、急いで買い物すまして来るから、コーヒー代は私のおごりね」

権田はどっちでもいいというふうに笑った。〝可愛くない女だ〟と思われたかもしれない。

子供のころから甘え下手だ。

世話をかけたら、お返しをする。しなければ気になる。相手が忘れていたとしても、何か見合うことをしなければ肩のあたりが重い。それは唯一、母と似ているところかもしれない。

普段は商店街のなじみの店で買う卵や鰹節や茶葉をスーパーで買い、駐車券に判を押してもらうと、権田が待っている喫茶店に急いだ。

午後の日差しのなかで権田はスポーツ新聞を広げている。中肉中背だけど顔は浅黒く体格も引き締まっていて、身のこなしも敏捷な人だというのが千代の印象だった。が、今、ソファにどっかりと腰を下ろし、鼻眼鏡でうつむく権田は誰が見ても老人だ。

「早かったね。滝沢さんも何か飲んだら」

「そうね。どうせ一時間は駐車無料だから」

と言ってから千代は細かいことを言ってしまった、と口の中で小さな舌打ちをする。

権田と向かい合いで座り、ココアを注文してからどうでもいいことを訊ねた。

「今日みたいに予約したお客がキャンセルになったとき、キャンセル料ってどうなるの？」

また、お金のことを言ってしまった——。

「タクシー会社だと配車してからはキャンセル料の決まりがあるけど、俺は関係ないよ。お得意様だけで回しているから。今のお客は五、六年前からの上得意さ。伊豆山の別荘に月に何回か仕事の関係者や家族で来てね、貸し切りで箱根や川奈のゴルフ場へ案内しているよ」

「私は熱海で生まれて、ほとんどここで暮らしてきたけど、仕事がら権田さんのほうが詳しいわね」

「まー、若いころは関西にもいたし、東京や横浜でも十数年は暮らしたかな。滝沢さんのように生まれが熱海だと、ここのすべてが当たり前で、関心もないんじゃないのかな」

権田が他所で何をしていた人か知らない。隣室の斎藤淑子の話では、以前、千代が越して来る前、住み込みの管理人が突然やめたことがあって、当時の理事長が正式な管理人が見つかるまでといって権田を連れてきたそうだ。丸刈り、眼光鋭く、柄物のシャツに派手なバックルのベルト。これにサングラスをかければ〝怖い世界の人〟そのもの。

しかし断る理由もない。理事長が保証人であるし、管理人がいなければ地下の温泉浴場の清掃やゴミ収集にも支障をきたす。黙認というかたちで権田が管理人になった。

権田は意外と真面目に管理人の仕事をこなした。

三年後、夫婦住み込みの管理人が見つかり交替したが、権田はマンションが気に入ったらしく、空き物件を買い取って住人になり、最初はタクシー会社に勤めていたけど、いつからか個人タクシーに替わったという。

千代は権田と向き合っていると、取り立てて共通するものはないものの、お互いの周辺で同じ風が吹いているのを感じる。

権田はどうだろうか。千代のことをどこまで知っているのだろうか。

そろそろ、と言いかけたとき、

「来週、市民病院で検査だ」

権田が他人事のように口にした。

「どこか悪いの？」

「鎌倉の姉貴がね。数年ぶりで会ったら痩せた、痩せた！　って。タバコの吸いすぎで癌じゃない？なんて、まくしたてさ」

「そんな冗談よ、でも心配しているのよ」

「姉貴に言わせれば、俺なんか厄病神だけど。最近、昔みたいに食欲がわかないのは事実だし、まー、来年は七十だからな」

「一度検査してみて何でもなければ安心でしょ」

「そうだよな。大体病院なんて入っただけで病気になりそうだ」

強がりの口調の喉元に不安の影がちらついている。

「今日はありがとう。地震のニュースも気になるし」

レシートを手に腰を上げた。

二

東北地方で大地震が発生、それによって引き起こされた津波、火災が未曽有の惨事を引き起こしていたことを、その時は知る由もなかった。千代が知ったのは、午後五時過ぎだった。

権田に送ってもらい、買い物を冷蔵庫や食品籠に入れ、夕食の支度にかかる前に習慣となっているテレビのスイッチを入れた。画面が暗い。カメラの位置がひっきりなしに動く。アナウンサーの声が叫び声に聞こえる。

慌てて他の局に切り替えても、どの局も同じような画面。アナウンサーが脇から次々と渡される原稿を読み上げている。震度いくつとか、関東圏の交通がストップしているとかで、首都圏の主要駅の模様が映される。

その間に震源地とされる東北地方の太平洋岸の市街地の画像が繰り返し流れるが、停電のためか映されているものが黒いシルエットになって浮かび上がるだけ。火災が起きたのだろうか、爆発音が響き、ときおり空が真っ赤になる。そんな惨事が一カ所だけでなく、あちらこちらで発生しているようだ。現場のまともな取材や撮影ができる状況ではないのだろう。断片的な情報が飛び交い、十メートル近い津波が町を飲み込んでいるとも。

息を呑んで画面を見続ける。被災地に夜の闇が迫っている。

チャイムが鳴っていることにすぐには気付かなかった。

「滝沢さん、滝沢さん」ドア越しに権田の声だ。

ドアチェーンを外すと、権田の顔がすぐ近くにある。

「今日の地震は、今までとは違うな。伊東のじいさんにも頼まれたし、これからコンビニまで下りて飲み物とか缶詰、それからトイレットペーパーや洗剤なんか買いに行って来る。ついでにガソリンも満タンにしなきゃ。なにか必要なものある？」

「私は防災袋にレインコートやら、ヘルメット、懐中電灯も入れてあるし……。でも、ここで避難の必要あるの」

「いや、避難じゃないけど、物流ルートがメチャクチャだと思うよ。コンビニやスーパーに行ったら必要なものが買えるということはないと思うね。しばらくは」

千代はそんなところまで考えが及ばなかった。

二人の話し声が聞こえたのか隣の斎藤が、

「私もお願いできるかしら」とドアを開けた。

「いいですよ。この際、まとめ買いしてきますよ」

斎藤はメモを渡す。千代も咄嗟に、ミネラルウォーターと乾麺や食パンなどを頼んだ。

その晩、千代の部屋で権田の買い物を仕分けしながら、権田、斎藤、伊東勝治と独り暮らしの四人は日付が変わる時間までテレビを見続けた。

合間に千代が夕食がわりにうどんを茹で、斎藤も余りものだけど、とカレーを持ってきた。

伊東も部屋から抱えてきた紙袋を開ける。

「キリタンポとイブリガッコじゃない！　伊東さん秋田の方？」

「息子が秋田市内で歯医者をしていてね。私が妻とやっていた書店を、治療院にしたいと言うので」

「そりゃ、歯医者のほうが儲かるからな」

権田が遠慮なく言う。

「三年前に妻を亡くしました。息子たちが寒い時期だけでも、暖かい温泉地でのんびり過ごしたらと、ここを買ってくれてね」

多少、自慢が入る。

「厄介払いじゃないのかい」

また権田が余計なことを言う。

「いや、戻りたいときにはいつでも戻るし、私の部屋も自宅を新築したとき用意してあるよ。俳句仲間もいるし、孫の顔も見たいので月に一度は帰っている」

「一緒に暮らすより、かえっていいかもね」

斎藤は頷き、間をおいて自分のことを話しだした。

「私は浜松の出身、沼津の人と結婚したの。四十近い独身の一人息子がいるけど、息子が中学のとき、主人は事故で亡くなって、それからは母子家庭。息子が地方の大学に入ったのを機に、環境を変えようと思って、いろいろ探してこのマンションに決めたの。これより遠いと通勤にはしんどいし、仕事で通うには手ごろな距離でしょう」

斎藤は毎朝、八時過ぎにヘルメットをかぶり、足早に駐車場に出て来る。青い小型バイクに跨ると、坂道を下って行く。夕方五時過ぎ、ハンドルを握りまっすぐにマンションへの坂を上って来る。

「斎藤さん、かっこいいよね。バイクで」

「バイクはこのマンションに移ってから免許とったのよ。水道局に勤めているけど、通勤にも、メーターの検診頼まれた時も、車より小回りきくでしょ」

斎藤にとっては、バイクの免許取得も役所の資料を右のファイルか、左のファイルに綴じるかぐらいの違いで、特別に気負うことではないのかもしれない。機械的なことや事務的なことが苦手な千代には羨ましい。

四人はのべつまくなしに会話していたわけではない。

ほとんどはつけっぱなしのテレビ画面を眺めていた。

高台に逃れて呆然とする人、押し寄せる黒い波、飲み込まれる家屋や車を携帯のカメラやビデオが映す。一瞬、生き物ではないか、それも人間の上半身のように見えたものも。が、瞬く間にその物体は濁流にのみこまれて沈む。誰かの口から〝アッ〟という叫びが漏れ、千代の背中を悪寒が走った。

十時過ぎ、部屋のチャイムが鳴る。

理事の横山武彦が顔を覗かせた。

「皆さん、ここにお集まりですか？」

「権田さん、斎藤さん、伊東さんの三人ですけど」

「いや、大変なことで。熱海の近辺では津波や停電の心配は今のところないようです。この建物は向きの関係で防災放送が山に響いて聞き取りにくいです。この地域の避難場所は下の小学校ですが、市役所からの連絡は私が取り次ぐことになっていますので、さしつかえなければ皆さんの携帯番号をひかえさせていただいてもよろしいですか」

四人は、横山に番号を告げるとともに、お互いでも番号を交換しあった。同じ建物に住んでいても、誰一人お互いの携帯番号を知らなかった。

横山が顔をだしてから小一時間ほど経った。伊東が、テーブルに肘をついてうつらうつらし始めている。権田が伊東の肩をたたいて腰を上げる。

「伊東さん、そろそろ引き上げよう」

「今回みたいな大災害、一人でテレビ見ていたら心細かった。皆さんと一緒にお話ができてよかったわ」

気丈な斎藤も、らしからぬことを口にして部屋に戻る。

時計は翌日になっていたが、布団に入っても千代の体中の細胞は休んでくれない。瞼に力をこめて目を閉じ、眠りに落ちてゆくのを待った。

三

五日後の昼下がり、チャイムの音でドアを開けると権田が照れ隠しの苦笑を浮かべている。

「まいったよ、検査うけたら、空きベッドあるから、すぐ入院するようにと言われちゃってさ」

「どこが悪かったの？」

「いや、それを調べるためらしい。医者ははっきり言わないが、検査結果が出るまで入院だと」

「そう、でも、この際、徹底的に調べてもらったら」

「ま、そう思ってね。滝沢さんに一つ頼み事があるんだ。じつは熱帯魚を飼っているのさ。急なことで悪いけど、鍵をわたしておくから、朝晩一日二回、餌やってもらえないかな」

一人暮らしでペットを飼う人は多い。が、権田が熱帯魚を飼っているとは初耳だ。意外！　という千代の表情に気付き、

「起雲閣の近くで喫茶店しているマスターから預かったというか、結局もらってね。跡継ぎ息子がセルフサービス式のカフェに改装するとき、熱帯魚なんて昔のブームの名残だから片付けたいって言っ

たそうだで、こちらに回ってきちゃった」

言い訳がましい口ぶりだがまんざらでもない様子。

千代には生き物を飼う興味は全くなく、今住んでいるマンションは原則ペット禁止。それも千代が購入を決めた動機の一つだ。生き物に関心がない、というより避けている自分は、愛情が希薄なのだろうかと思う。

権田の頼み事に少し躊躇はしたが、自分の部屋で飼うわけではないし、犬、猫と違い熱帯魚だ。一日二回水槽に餌を振りかければいいだけなら別に構わないかと承諾した。

入院のことは理事の横山には伝えてあるとのことだが、独り者の女が独り者の男の部屋に出入りするのは気づまりだ。千代はなるべく昼時、業者や住人の出入りの少ない時間を選んで、権田の部屋に入った。

水槽はリビングのテレビと並んでいた。ガラスの破片が煌めくように二十匹ほどが同じ方向に回遊する。向きによって赤い腹や青い背びれが反射して光り、成長した水草が揺らいでいる。

権田に言われた通り、傍らの袋から一匙の粉を掬い水槽に振る。小さな物体が素早く移動しはじめた。

権田の部屋は千代の部屋より、一部屋分狭い。バルコニーからの風景は千代の部屋と変わらないが、間取りや家具で印象はかなり違うものだと最初の日は物珍しかった。

三日目、権田の部屋の間取りにも慣れ、水槽の熱帯魚をぼんやりと覗いているとき、突然、鍵穴を回す音がして、ドアが勢いよく開けられた。

午後の陽を背に、上背のある痩せた女性が「あら！」とオクターブ高い声をあげた。

「弟から聞いたけど、貴方がお世話かけている方？」

「いえ、お世話なんて、権田さんに頼まれて一日二回餌をやりに入らせてもらっています。三階の滝沢です」

「そう、私は喜久雄の姉。鎌倉に住んでいるのだけれど、じつは、今日病院の担当の先生に呼び出されたの。久しぶりに弟に会ったけど、ずいぶん痩せたわ」

「検査入院ですよね」

「一応ね。まだ本人には言ってないけれど、手術が必要らしいの。そのまま入院となりそう」

「どこが悪いんですか？」

「癌よ、胃癌。まともな定職にもつかず、好き勝手に生きてきて、タバコ、酒、賭け事、女のヒモみたいなこともして……。あら失礼！」

千代に謝ることはないのに口をつぐみ、あらためて千代の容姿に視線を投げる。

姉という女性は、七十代の半ばだろうか、姿勢はしゃんとし化粧もしているが、顔や首のシワは深い。若いころ美人だった面影はある。

「医者の説明だと、手術で主要な患部は切り取るけど転移している可能性もあるし、年齢的にも手術に限界があるそうよ。それでね、どんなところに住んでいるか来てみたのよ」

「じゃ、はじめてですか」

「そう、別に用事もないし、私も忙しいから」

「それじゃ、私、失礼します」

立ち去りかけた千代を、女が呼び止めた。

「喜久雄のことよろしく。万が一のときのあなたの連絡先教えてくれる。私はここ」

と名刺を差し出した。

佐伯音楽教室―佐伯孝子とあり、住所が鎌倉になっている。名刺の裏にはピアノ、リコーダー、発声方法指導と印刷されていた。

千代は自分の携帯番号を孝子に伝えた。

「あなたのような方がいてくださると、私も安心」

少し間をおいて、言いよどみながら続ける。

「喜久雄も、生活費と多少の蓄えはあるだろうけれど、財産らしいものはほとんどないのよ。このマンションの名義も私になっているし。購入するとき頭金だしているの」

千代は彼女の言わんとすることを察し、いたたまれなくなった。

結局、その日からあと二回、佐伯孝子に会うことになるのだが。

千代が足早に自分の部屋に駆け込むとき、隣の斎藤宅のドアが勢いよく開き、若い男にぶつかりそうになる。男は千代に軽く会釈し、階段に向かっていった。

四

権田の手術は無事に終わったが退院はできない。一週間ほどのつもりだった熱帯魚の世話がすでに四十日にもなっている。

手術後の権田はいっぺんに体力を消耗し、足も弱り、退院後の独りでの生活は本人も他から見ても無理であろうことは明らかだ。かといって入院患者を放り出すわけにもいかず、病院の相談員と地区のヘルパーとで適当な受け入れ先施設を探しているようだ。

千代は三度見舞いに顔を出した。隣の斎藤や理事の横山も見舞いに立ち寄ったとのこと。権田の個人タクシーの上得意先である東京の会社社長からは立派な果物籠が届いていた。

「滝沢さん、持ち帰ってよ。眺めていても食欲わかないし、斎藤さんと分けて」

一抱えはある果物籠は持って歩くには大きすぎる。タクシーで運び込んだ。ちょうど斎藤が職場から帰ったところで、駐車場にバイクを停めて玄関に向かってきた。

権田の見舞いに行って、逆に、斎藤さんと分けるようにと見舞いの果物籠を渡されたことを話した。

「立派ね。お店でしか見たことないわ」

斎藤は籠盛を食卓テーブルの上に運び、貴重品を扱うように一個ずつ並べていく。

「権田さん、もうこちらに戻れないのかしら」

「今日も、早く戻りたい、あのベランダで一服吸いたいね、なんて言っていたけど、別の覚悟もしているみたい」

斎藤の部屋の間取りは千代の部屋と同じだが、千代の部屋のように出しっぱなしの物はなく、さっぱりしている。ただリビングの片隅に男物の衣服がたたまれ、家電製品の段ボール箱が積まれている。千代がそれらに目をやると、

「息子がね、リストラとかで仕事が見つかるまで居候させてくれなんて、横浜の住まいを引き払ってきちゃったの」

「やっぱり、息子さんだったのね」

男性が出入りしているのを何回か見かけた。目が合うと愛想よく頭を下げる。


五月の連休過ぎに権田の入所する介護施設が決まった。

熱海市内とはいえ伊豆多賀駅から十分ほどで、伊豆急の線路が眼下に見える。ミカン山を切り崩して建てられたとのこと。千代のマンションからより、初島が近くに見える。

病院から施設に移る日は朝から小雨がぱらついていた。

施設側では直接移動する車の手配をしたが、権田はどうしても一度マンションに戻りたいということで、斎藤の息子の圭介がレンタカーを借りて、千代と二人で自宅に連れて来ることになった。圭介は、頼まれたことを嫌がりもせず、よく気が付いて面倒な老人の世話を焼いてくれている。

権田も、千代や斎藤だと女性ということもあり、多少遠慮があるが、圭介には男同士で気楽なこともあるようだ。それに権田を移動させるのに男手は助かる。

権田が入院したとき、マンションの玄関脇の桜は開花前だったが、すでに葉桜に変わり、柔らかな雨に濡れていた。

鎌倉にも連絡したが、保証人の印鑑が必要だったら書類を送ってくれ、あとは役所の福祉課で相談してみたら、と言われたとか。

「別に何をしてくれっていうわけでもないからいいよ」

権田は机の引き出しからタバコを取り出し、ベランダでライターの火をつけた。

圭介が千代を振り返り、いいの？　と目配せする。

権田は慈しむように胸に吸い込み、ゆっくりと煙を吐いた。全神経を集中し、同じ動作を繰り返す。やがて足元の灰皿に三分の二を残したタバコを落とし、火を消した。

権田に言われるまま大きなボストンバッグと風呂敷に下着やパジャマ、カーディガン、スボン、シャツなどを詰めた。圭介は洗面所で髭剃りや洗面道具などをビニール袋に入れる。

普段着に着替えた権田の服が大きすぎる。体が一段と痩せたようだ。圭介が手際よく本人と荷物を車に乗せた。

「滝沢さん前に乗って。雨とはいえ土曜日で１３５号は渋滞と思うから、山から行くね」

「君、住んでないのによく知っているね」

「ときどきレンタカーで出かけているから。天城から伊豆高原、箱根とか。西伊豆は海がきれいで素朴な感じがいいですね」

「就職口を探しているんじゃないの？」

圭介は笑いながら車を発進させた。

「やだな、滝沢さん。そんな毎日毎日、足で探し回っているわけじゃないですよ。ネットで調べてパソコンでエントリーしておく。どこにいても携帯に連絡もらえるから」

「へー、わけわからんよ。いつもコネだったからな」と茶化すふうに権田がつぶやく。

考えてみれば千代も就職先を探したことはない。

車は一旦、海岸沿いの商店街にでて、再び坂道を上って行く。途中からは民家もなくなり、圭介のたくみなハンドルさばきで山の中に分け入って行く。両側から芽吹きはじめた若葉が織り合うように車にかぶさる。

「網代の弥生さんを訪ねるときは、いつも海沿いのバスだから、こんな山道知らなかったわ」

「これ頼朝ラインといって、前は海岸線が混むときの迂回路で地元の人しか知らなかったけどね。今はナビのおかげでどんどん入りこんで来るよ。伊豆スカイラインにも近くて便利さ」

さすがタクシー運転手の権田は詳しい。

「もう少し行くと〝頼朝公一杯水〟って場所があるよ。都を追われた頼朝が、湧き水を飲んで休憩したとか」

「圭介さん、よく知っているのね」

「いや、看板を読んでさ、喉乾いていたし頼朝気分で水飲みに行ったけど、普通に水が岩場から流れ出ているだけだったよ」

「権田さんも水飲み場まで行ったことあるの？」

「ないない。四、五年前まで古い立て看板と草が生い茂っていてさ、車停めてお客を案内する場所でもなかったよ」

「でも、水飲み場から少し上がると景色最高、初島から網代の街、多賀湾が一望だったよ。知られざる観光スポットってコピーでお客を案内したら喜ぶと思うよ」

かつてのようにお客を案内することができない権田のことを慮り、千代は話題を変えた。

「圭介さん、帰りがけに知り合いの施設に寄ってくれる？　物忘れがひどくて施設に入っているの。でも私の顔見ると無邪気に喜んでくれて、私のことはまだわかるのよ」

「そうだな。弥生さんのような認知症と、俺のような車椅子人間とどっちがいいかな」

窓の外の雨を聞きながら権田はため息をつく。

返事に窮し、千代はふたたび話題を変える。

「圭介さん、勤め先の当てはどうなの？」

「お袋にはまだ話してないけど、つくば市のほうで……」

「つくばって、筑波学園都市か？」

権田が後ろから声を掛ける。千代も地名は聞いたことがある。

「そう、熱海とは景色も人間も、空気まで全然違うよ」

「へー、どう違うの？」

「学者や研究者が住んでいる街だよな。客を乗せて一度行ったことがある。定規で引いたような街、映画のセットみたいだ」

「街づくりプランに沿って、今風に作られた学術都市ってところかな。熱海って結構、特殊だと思うよ。なんていうか、非日常が日常化している」

圭介のわずかな熱海暮らしの印象は〝非日常の日常化〟ということらしい。

若葉の木立を抜けると道は下り坂になり、人家の屋根が近くなる。権田が入所する施設が見えてきた。圭介は徐々に車のスピードを落としていく。

五

権田が施設に入ってから半月ほど経った。権田の部屋の鍵を預かったまま、熱帯魚の餌やりが千代の日課となっていた。晴れた日には窓を開け部屋に風を通す。しかし、主のいない部屋からは徐々に生活の匂いが消えていき、千代の体の中をうつろな風が通り抜ける。

若い小宮山有紀と出会ったのは、そんなころだ。

千代は梅雨の合間にテラスで育てたユリやヒマワリを、マンションの玄関に通ずる坂の路肩に植え替えていた。

「ここに咲いたらきれいでしょうね！　楽しみだわ」

突然、背後で澄んだ声がした。

白いワンピースを肩から踝あたりまでふわりと羽織り、ベージュのパラソルを傾けた見知らぬ女性が立っている。傍らに淡いイエローに襟と袖を白いレースで飾ったワンピースの女の子が女性のスカートを摑んでいる。

「三月にこの坂の上の別荘に越してきたのだけど、今までは娘の学校の手続きで忙しくて庭は雑草のまま。ここの花壇のお手入れ、車で通るたびに見て参考にしているの」

千代には、二人連れの親子に後光が射しているかと思ったほど眩しかった。彼女と同じ服を千代が着たら良くて部屋着、悪くすればネグリジェだろう。

女性は、栗色に染めた豊かな髪をゆるくアップに巻き上げて同色のピンでとめていた。髪型のせいで顔が一層小さく、形よくとがった鼻と大きな瞳が目立つ。スタンドカラーで顎の下まで貝ボタンをきっちり留め、長袖の先にパラソルの柄を持つ手の甲が白い。千代が触れたこともない世界から舞い降りてきたような親子だ。

じろじろ見るのも失礼と思い、

「雑草の庭に突然、苗を植えても育たないから、最初は鉢植えから始められたら？」

「こちらに引っ越す機会に仕事を減らしたの。花の咲く庭のある家に暮らすのが夢だったわ。これからなの。いろいろ教えてください」

「教えるなんて、私なんか見よう見まねの暇つぶしですよ」

少し会話をしただけで、千代には彼女の素直さが伝わった。

「この鉢植え二、三種類もっていってみますか」

驚いたように千代と鉢植えを見て、

「よろしいんですか！　もうすぐ咲きそうなのに」

遠慮がちだが声は喜んでいる。

「もらってくれたら助かるわよ。このマンションは空地をほとんど駐車場にしてしまったので、まとまった庭がないのよ。空いたところを探しては植え替えをしているの」

千代は五鉢ばかりを選び、鉢ごと二つの紙袋に入れた。

土が入っているのだから相当重い。

「これは大変、坂の上でしょ、お宅まで手伝ってあげるわ」

「申し訳ありません」

「いいのよ、どうせ暇だから」

千代と女性と女の子は、マンションに沿って坂を上がりはじめた。

急坂なのはマンションの周りで、そこを通り過ぎると木々の多い緩い上り坂になる。木立の中にぽつんぽつんと別荘の屋根やバルコニーが覗くが人気はない。車一台通るほどの小道が二手に分かれる。しばらく行くとまた二手に分かれる。千代は帰り道を間違えないように必死で覚えようとするが、木立に特徴もなく、分かれ道にローマ字と数字の表示があるだけ。覚えることが限界にきたとき、

「こちらです」と女性が振り返り、ポシェットから鍵を取り出す。

「お花もらって、おまけに運んでもらい、すみません。すぐ、お茶をいれますから休んでいってください」

白い塗り壁に高い屋根、玄関や窓枠は墨色で縁取りがしてある。外観はいたって簡素だ。花びらをかたどった外灯の下の表札にローマ字で「小宮山」とある。三段ほど外階段を上がって重そうな扉を開けると畳一畳分ほどの靴脱ぎ場、床との段差はない。内側にさらに木製の厚い扉がある。

鉢を抱えて、はじめての道を歩いてきたせいか思いのほか疲れて、とりあえず腰を下ろしたかった。

「どうぞ」勧めてくれたスリッパを履き、顔を上げると女の子が目の前の内扉を開けた。

足を踏み入れるなり、千代の疲れはどこかへ飛び去った。

吹き抜けの高い天井、そこから三メートルは下がるシャンデリア。扉の向かい側、つまり千代の立っている正面には大理石の暖炉、暖炉の上方から子供を抱いた白いマリアの彫像が広間を見下ろしている。

――ここは、何か宗教施設――

熱海には大小の新宗教の施設やご本尊がある。

左右の高い窓からステンドグラスが外光をとおして七色に輝き、鏡のような床に柔らかく反射している。左の壁に沿うようにらせん階段が天井の高い二階に延びる。

アーチ型のドアの奥で食器を並べる音がし、沸騰したヤカンの鋭い笛音に、千代は自分を取り戻した。

女性が紅茶ポットと二組のカップをテーブルに並べはじめた。

放心したように家の隅々を見回している千代に、悪戯が見つかった子供のように肩をすくめる。

「申し遅れましたが私、小宮山有紀と申します。娘は栞、今年から小学生なの」

栞は階段の下にある小部屋で遊びはじめていた。白い壁の子供部屋は窓がなく、写真で見た〝かまくら〟のようだ。

有紀はアップに束ねたピンをぬき、髪を下ろしている。

「有紀さん、モデルさん？」

「あーら、当たり！　十年ぐらい前までだけど」

有紀は、若い女性らしい弾けた声をあげた。

千代は他に思い付かないので言ってみたのだが、本音をいえば、有紀がモデルというのも納得しかねる。

テレビや美容院の雑誌で見るモデルは、歌舞伎の花道みたいなところを胸や尻をふりながら歩き、観客にむけてポーズをとる。有紀のそんな姿は想像できない。

「モデルといっても、私はブライダルが専門なの」

モデルに専門別があるなんて、千代は初めて知った。

「当時のアルバム見ます？　今でも、熟年結婚だなんていって時々は声がかかるのよ」

分厚いアルバムを作りつけの本棚から手にした。ウェディング姿の女性がさまざまなポーズで微笑んでいる。ドレスのデザインやブーケが違っても、すべて有紀だ。

「主人はフリーのカメラマン、同い年、仕事場で知り会って結婚したの。よくあるお話」と言って片目をつぶった。

お茶の後、有紀は寝室以外の部屋や地下室、庭も案内してくれた。

「こんな庭付きの立派な家、まだ、お若いのにご立派だわ」

「……と思うでしょ」説明したかったふうだ。

「じつは、この家の元の持ち主夫婦は長くイタリアで暮らしていて、定年で日本に戻るとき、なんとかイタリアで暮らした雰囲気を再現したくてこの家を建てたんですって。ずいぶんお金もかけたようよ。天井のシャンデリア、これだけで七百万円とか。ご夫婦とも八十を超えて、伊豆山の有料介護施設に入居され、家は売却することになったけれど、売却条件が『安くしてもいいから、自分たちが生きている間は、内装を変えず、このまま使用してくださる方』ということなの。その条件のため、なかなか売れなくて不動産屋も困っていたらしいの」

千代は頷く。たとえ千代の貯金で手に入るとしても、この奇妙な家は買わないだろう。

「でしょう。正面にマリアさま、左右の高窓にはステンドグラス、タイルの床、鉄製のらせん階段、収納は地下倉庫。普通の人は引いてしまうわよね」

が、小宮山夫妻は一目で気に入った。

「おかげでお値段も、天井のシャンデリアの三倍ちょっと。広い地下倉庫は主人の現像の作業場兼バイクの解体作業場、バイクは主人の趣味なの。広いお庭は手入れして、主人は撮影の背景にも利用するつもりとか」

いずれ庭は有紀のセンスで西洋風の花を咲かせ、噴水からも水が噴き出し、息を吹き返すだろう。

バイクの音が近づき、軒先でピタリと止まる。

「パパだ！」

栞が内扉を開け、スカートを翻し飛び出して行く。

右手にヘルメットを抱え、左肩から重そうなバッグを下げた男性が足早に入ってきた。

「撮影がトントン拍子に終わったのさ。久しぶりに地下のバイクをいじろうかと思って」と言いながら千代に気付く。

「こちら滝沢千代さん、坂の途中のマンションに住んでいらっしゃるの」

「有紀の連れ合いの小宮山博明です。初めまして。有紀、地元のお知り合いができて良かったじゃない。滝沢さん、僕たちまだこの辺りのことを何も知らないのでよろしくお願いします」

千代は芸術家タイプの多少神経質そうな男性を想像していたが、陽に焼けた顔、肩幅の広い大柄な体格は工事現場で見かける監督のような風貌だった。

「私の方こそ、有紀さんのような素敵な方とお知り合いになれて楽しみです」

博明の帰宅を潮時に、千代は暇を告げた。

未知の世界の緊張感から解放され、千代は少しほっとした。

その後、通りがかりの有紀と立ち話をしたことが五、六回はあったように思う。

施設を訪ねた折、権田にマリアの家のことを話した。

「ふーん、あるよな、熱海には妙な家。金に糸目をつけず趣味で建ててさ。以前、不動産屋と客を案内した家もそうだよ。屋根付きの門構えの大名屋敷さ。家も立派だけど伊豆石をふんだんに使った日本庭園がすごい。けどね、錦鯉が泳ぐような池、今どき流行らないよ。二百坪かな、二千万にしても買い手がつかないって。そのマリアの家とやらは、買い手がついてラッキーだったたじゃない」

斎藤にも話してみた。

「ときどき、ハーレーに乗った男性を見かけたけど、その女性のご主人ね。このへん高級外車に乗っている人は多いけど、あのバイクも相当するのよ」

千代としては、教会みたいな家に住む有紀のことを話そうと思ったのだが、個人タクシーの運転手だった権田も公務員の斎藤も、興味は千代とは別なところにあるようだった。

六

九月になっても残暑は厳しい。

千代の携帯に権田から留守電が入っていた。テレビをつけっぱなしで寝入ってしまって気付かなかった。急ぎではないけど、相談したいから折をみて施設にきてほしいとの伝言。

翌日、午前中に弥生の施設に立ち寄って昼食をとり、タクシーで権田の施設に回った。

車椅子の扱いにも慣れ、千代の先にたってロビーの片隅の喫茶コーナーに誘う。自販機にコインを入れ「コーヒー、ホットでいい？」と聞きながら、指先はせっかちにボタンを押す。

「こちらの生活にも慣れたようね」

「慣れるように努力はしてみたけど。だけどダメだ。マンションに戻ることにした」

権田は一気にしゃべり出す。

「部屋を多少改装すれば車椅子で生活できるし、食事は調理して配達してくれる会社に頼む。身の周りは週三回、介護サービスのヘルパーさんに来てもらう。有料ならば毎日でも来てくれるそうだ。ここに入ってわかったことがある。いくら高級な施設でも集団生活に向く人間と、苦痛に感じる人間がいることがわかった。俺は完全に後者さ」

千代も自分が施設の生活には向かない人間だろうと思う。

弥生のように認知症になればしかたないが、二人を入居させながらも、千代自身は施設に入らず、なんとか今の生活を最後まで持ち続けたいとひそかに決意したものだ。

権田は千代の賛同を求めるわけでもなく、しゃべり続ける。

「施設やスタッフに不満があるわけじゃないよ。至れり尽くせりだね。ボケーとしていても食事はでてくる、必要な薬は飲ませてくれる、風呂も入れてくれるし、洗濯もしてくれる。理容師、マッサージ師のサービスに毎月の歯医者や眼医者の定期検診。長生きしちゃうよ」

他人事のように言う。

「運動不足にならないよう、退屈しないよう、ホールでゲームや歌や体操など日替わりで何かしらやってくれるよ……。これまでこんなに気を遣われたことないな」

あたりを見回して、千代の耳元に体を傾けた。

「けどね、千代さん。肝心なものがないよ。自由気儘っていうやつが……。生きているけど、死んでいるみたいだ」

権田が、千代のことを、滝沢さんから千代さんと呼ぶようになったのは、いつからだろうかと思い巡らす。

「誰かが、どこかで操作しているベルトコンベヤの上に乗っているようだ……。もうたくさん、コンベヤから降りることにした！」

権田は半年の施設の生活を吐き出す。

「ボール投げや輪投げ、手をたたいての合唱。幼稚園のレベルさ。残りの人生、少ないことはわかっているから、今みたいなことで時間つぶししてあの世に行きたくはないよ」

やるせない不満はいつまでも続きそうだ。

「権田さん、わかったわよ。相談じゃなくて、もう決めたことでしょう」

「ま、そうか、相談じゃなくて報告だね」

「それでいつごろ出るの？　もう、施設に話したの？」

「いや、まだだ。暑いうちは我慢しとくよ。出ると決まれば我慢もできるさ。涼しくなってから、といっても一月以内だな」

体は確実に弱ってきているが、元気を装っているのが痛々しい。といって、施設の生活が権田の限界点にきていることもわかる。

我が儘だ、贅沢な悩みだと言ってしまえばそれまでだけど。千代もたぶん、同じ我が儘と贅沢を持ち合わせている。

その晩、千代は夜明けまで寝ずにあることを考え続けた。

そして二日後、その考えを実行するしかないことを確かめ、伝えるために再び権田を訪ねた。

権田の顔を見ながら、千代はつとめて明るく声をかけた。

「権田さんの骨、私が拾ってあげるから、いいでしょ？」

権田が怪訝な顔をしたのは一瞬だった。すぐに冗談混じりに返す。

「えっ、そりゃありがたい！　拾った骨は海に撒いてくれよ」

七

施設の周りに彼岸花が咲き始めたころ、千代と権田は初川沿いの商店街のアパートの一階に越した。一年はあっても五年はないだろう。

権田の最期まで彼に寄り添い、日常の世話をすることにした。権田が施設を出てマンションに戻ったとしても、一人暮らしは早晩無理になる。千代が四六時中、様子を見に出入りするわけにもいかない。

商店街のアパートでは〝非日常が日常化〟している昔ながらの熱海だから人の目も気にせず権田の世話ができる。体調がよければ車椅子で商店街や海岸通りに出て、顔見知りと話が弾むだろう。馴染みの居酒屋や喫茶店に顔も出せる。

新しい住まいの連絡先は、隣の斎藤と理事の横山には知らせた。

いずれ、千代はマンションに戻る。

が、その時は権田がいなくなっているということだ。

斎藤も横山も、千代の決断に特に驚いた様子はない。

鎌倉の権田の姉、佐伯孝子にはアパートに移ってから、権田が電話で知らせた。――二人で決めたことでしょ、勝手にしたら――というようなことを言われたらしい。

アパートのあたりは子供時代から千代にも馴染みの場所だ。

母や弥生が働いていた芸者置屋や見番にも近い。置屋の土間は千代の遊び場だったし、見番でお姐さんたちが踊りや鳴り物を稽古した片隅では宿題をしていた。高校を出てからは見番の賄いを手伝っていたこともある。千代が高校のとき、母は近くの路地の空き地を手に入れ、二階建ての家を建てた。一階は駐車場と内装会社の事務所に貸していた。

そのころ、母は妹分の弥生と千代に言い聞かせた。

「二人とも、一生ここで厄介になるなんてことできやしないよ。私が死んだら近くで小料理店でもやるといい。千代は洒落たものはできないが、お惣菜程度はできるし、弥生さんのお客さんあしらいはたいしたものだからね。それもかなわなくなったら、この家と土地を処分して生活の足しにしときな。熱海では旅館の仲居さんとか、ホテルで働く一人者が多いけど、若い時分は羽振りがよくても、老後なんか考えていない人が多い。生活保護で暮らしている人を何人も知っているよ。あんたたちにはそうなってほしくないからさ」

照れくさいのか酒が入っていた。

母が亡くなり、結局は母の言う通りに二人で小料理店を開き、商店街の旦那衆やおかみさんの溜まり場として、生活していく程度には繁盛した。少なくとも弥生が認知症を患うまでは……。

千代一人では店を切り盛りする才覚も自信もない。店を閉め、弥生を施設に入れ、千代は山の中腹のリゾートタイプのマンションに移った。商店街での一人暮らしは、足が宙に浮いているようで落ち着かない。母や弥生と暮らしてこその商店街だった。

熱海から離れることは考えられないが、見知らぬ人のなかで静かに暮らしてみようと思ったのだ。

それが――。権田と一緒にふたたび商店街で暮らすことになるとは……。

人生終わりかけるころでも予期しないことが起こるもの、と可笑しかった。自分の決断だったとはいえ、なにか見えない力に導かれていたような気がする。

権田とのアパート生活は、介護の力仕事を除けば、わりと楽しかった。毎日そばに話し相手がいる生活も悪くない。一人になりたければ、鉢植えの世話を口実に、マンションで休養することもできる。

口論するときもあるが、たいてい原因は料理の味付けだ。千代はどちらかというと薄味が好み、暮らしてみてわかったが、権田はかなり濃い味が好みである。「塩が足りないようだ」とか「味噌汁、薄いな」とか言う。味で口論していたころは、まだ元気だったかもしれない。年を越すと権田の食欲は目に見えて衰え、好物の魚の切り身も一切れを食べきれない、野菜も細かく刻まないと喉を通りにくくなる。一年と半年が過ぎるころ、車椅子での外出も難しくなっていた。

そんなころ、二人の間にちょっとした事件があった。

介護の疲れから、千代は権田の枕元にうつぶせになり、うとうとしていた。夢うつつのなかで権田が千代の手を取り、自分の布団のなかに引き込もうとしている。介護の世話で体に触れる感触と違う。そのうちどこにそんな力があったかと思うが、仰向けの体をよじって、覆い被さるように千代のほうに体の向きを変えた。片方の手で千代の背をさすり、もう片方の手は躊躇しながらも千代の胸のあたりをさまよっている。

千代が突然体を起こすと権田はバランスを失い、半身がベッドからずり落ちそうになる。

「す、すまない……悪かった」

千代が権田の体を戻すと、権田は千代に背を向けてしまった。

翌朝、いつもの時間にトイレに連れて行くため権田を起こした。

権田は起きていた。眠れなかったのかもしれない。

「千代さんいてくれたのか。ここから出て行くかと思った」

「なにをバカ言っているのよ！」千代は笑いとばした。

そんなことがあってから権田の容体は一層弱り、一日中目をつむって横になっていることが多くなる。トイレの用足しも観念したのか溲瓶やオムツを使うようになっていた。もっとも、権田の体を支えてトイレに連れて行くより千代には楽であった。

アパート生活も三年目に入った一月、医者からもう長くないことを告げられたとき、千代は久しぶりにマンションに立ち寄った。

駐車場の脇のチューリップの芽が膨らみ始めている。

有紀を思い出し、鉢に植え替えて届けることにした。道順が複雑だったことが頭をかすめたが、途中で道がわからなくなれば、引き返してくればいいぐらいの気持ちだった。

心配したほどもなく見覚えのある家はすぐに見つかった、が、玄関が開け放されている。覗くと、こちらの物音に二人のスーツ姿の男性が振り返る。

「私、小宮山さんの知り合いのものですが、奥さんは……」

「ご存知ありませんでしたか、小宮山さんは越されましたよ」

「家が売却に出るということで、僕らは東京の不動産会社ですが下見にきたのです」

「そうですか、私もしばらく他所で生活していたので、知りませんでした。いつごろ、越されたのかしら」

「半年くらい前かな。ご主人がオートバイの事故で亡くなったから、と聞いていますよ」

千代は驚きを飲み込んで男性たちに頭をさげ、マリアの家を離れた。

八

梅園の三度のもみじまつりと二度の梅まつりの季節を、商店街のアパートで権田と暮らした。

三年目の梅まつりの最中の一月末、権田は風邪をこじらせて、近所の主治医に気管支炎と診断された。高熱がつづいたので総合病院に入院し、一旦は退院したが、三日後に再び入院。

二度目に入院して六日目の明け方、権田はあっさりと逝った。

権田の葬式には、マンションから隣の斎藤、理事の横山が参列、鎌倉から姉の佐伯孝子が長男の中年男性を伴ってやってきた。

姉の孝子には、権田が気管支炎をこじらせて入院することになったことを告げていた。

「そう、退院できないかもね。引き金になってしまうってことあるから。……近いうちに病院に顔を出してみますけど、とりあえずよろしくお願いします」

結局、孝子は権田が危篤に陥るまで来ず、臨終にも間に合わなかった。

孝子は、お骨は熱海の火葬場で焼き、鎌倉に持ち帰る。実家の菩提寺で葬式をあげ、四十九日が済んだら鎌倉市の永代供養塔に納めるという。

——嫌だよ。熱海の海か山にでも撒いといてくれ——

権田の文句が、耳元で聞こえた。

千代は葬式や納骨について、意を決して、はじめて佐伯孝子に反旗を翻した。

「できれば、私の方で権田さんのお知り合いの方たちに相談して、熱海のお寺さんに納骨し、ご供養させてください」

そう千代は申し出た。孝子は、一瞬眉根をよせ、千代を見つめた。

「母さん、そうしてもらったら。叔父さんも馴染みのない鎌倉よりも最後を過ごした熱海のほうが幸せだよ」

おっとりした息子の口調は父親譲りかもしれない、と千代は思う。

「千代さんでしたか。叔父がお世話になりました。僕も叔父さんの思い出はほとんどありませんが、肩車で公園に連れていってもらった記憶があります。納骨のことはお任せいたします。どうするか決まったら知らせください。僕らは熱海のことは全くわかりませんので」

こうして千代の反旗は、たいして揉めることなく治まった。佐伯孝子は、面倒事を鎌倉まで待ちこまないでいいことに内心はほっとしたに違いない。

通夜と葬式には、商店街や地元の古い知り合いが参列してくれた。

千代が知らせたのはアパートを世話してくれた不動産屋と海岸通りの喫茶店のマスター、隠居した寿司屋の大将と数人のマージャン仲間だけだったが、口コミで伝わったらしい。

思いがけず大勢の送り人が集まった。老舗旅館の女将やゴルフ場の支配人、東京の会社からも花輪が届いた。

佐伯孝子が参列者に頭を下げながら千代に呟く。

「弟は世間でいう〝流れ者〟よ。でもここでは、いい加減に生きてきた人間でも、普通に葬式に駆けつけてもらえるのね……」

権田の生き方がいい加減――。どうやら佐伯孝子の考える人生には、いい加減な生き方と、いい加減でない生き方があるらしい。

そういえば――

最初に権田が入院した四年前、見舞いに来た孝子に病院の廊下で呼び止められた。

「千代さん、時間があったら下のカフェでお茶でもどう」

断る理由もないので孝子と向かい合って座った。

「コーヒーでいい？」

注文してから、孝子はあらためて千代に目を向けた。

「千代さんは今まで何をなさってきた方？」

千代は頭の中で時間を巻き戻してみる。

「いえ、とくに何も……。母が見番で働いていたので、手伝ったりして、亡くなってからは市内で母の親しい方と小料理屋をして……。その方の体調がよくなくなったのでお店を閉め、今のマンションに移ったのです」

「そう、そっち方面のお仕事ね。ご結婚は？」

「二十代のころ、人の紹介で伊東の旅館の跡取り息子さんと結婚しましたが、一年ちょっとで別れました。将来の女将に向かないとお姑さんに見られたようです。もう昔のことです」

「そうなの」

「弟から聞いたけど、千代さんのお母様って、熱海の売れっ子芸者さんだったのですって？」

そんな話は権田にしたことがない。権田は商店街のご隠居あたりから聞いたのだろう。

千代が知っている母は、姉御肌で妹分の弥生や芸妓見習いの若い子の面倒をよくみていた。夕暮れ時、左手で棲を取り置屋を出る母の着物姿や結い上げた日本髪、甘い白粉の匂いなど、幼い千代にとって母の華やかさは自慢だった。

さすがに孝子は、千代自身も知らない父親のことまでは聞いてこなかった。勝手な想像をしているのだろう。

会話は続かないで、間の持てない時がながれる。千代の方から話題を探そうにも何も出てこない。聞きもしないのに孝子が話し出した。

「弟も若いころ、何人かの女性と同棲していたことがあるみたい。あれで結構もてたようね。結婚はしなかったけど、というより女性が去っていったのでしょ。定職もなし、住むところも転々としてね。……ああいう人と結婚してもまともな家庭の幸せって摑めないこと、女性は直感でわかるものよね」

孝子から見れば、権田も千代も、いい加減でないまともな生き方とやらには当てはまらないのだ。

しかし――

圭介の言葉を借りれば、非日常が日常化しているこの街は、他所から来た者やその肩書や生き方に寛大だ。お互いに比べようがない多様な人生がモザイク模様を成して漂っている。

九

「全員のお焼香が終わりました」

葬儀社の担当者の声に千代は顔を上げた。

佐伯孝子の長男や理事の横山、商店街の仲間が権田の棺を霊柩車に運び入れる。

「権ちゃん、一箱入れておくから、向こうで一服しなよ」誰かが、タバコを棺の上においた。

葬祭場は商店街の密集地、薬局と呉服屋の間にあり、向かい側は定食屋。定食屋の右はクリーニング店、左は政治団体の事務所。葬斎場が街中にあることに異を唱える土地もあると聞くが、平地が極端に少ない熱海で不平を申し立てる住民はいないようだ。地下駐車場から出入りする霊柩車を日常茶飯の事として見慣れている。霊柩車は権田のなじみの商店街から山の中腹の火葬場に向かった。権田が入院した一月末、病院の帰りに千代は市役所に立ち寄り、熱海市では散骨はほぼ無理ということを確かめていた。


四十九日は三月上旬と決まり、それまでお骨は、権田のマンションに形ばかりの祭壇をしつらえて、安置しておくことにした。

アパートは二月末で解約し、千代もマンションに戻った。

熱帯魚も権田が飼っていた時と同じ場所に戻す。

朝起きて、顔を洗うと千代は線香をあげるため権田の部屋に入り、熱帯魚に餌をやり、数分を過ごす。

初川沿いに河津桜が満開を迎える昼下がり、千代のマンションのチャイムが鳴った。チェーンを外さずドアを開けると、圭介の顔が覗く。

「お久しぶり。権田さん亡くなったってお袋から聞いたよ」

圭介の傍らのショートカットの小柄な女性が頭を下げる。

「前に話したことのある彼女」

「沢井里香です」笑うとよけいに童顔になる。

「彼女を駅まで送って来るけど、今晩はお袋のところに泊まるから、あとで権田さんにお線香あげさせてもらえる？」

「ありがとう。権田さん喜ぶと思うわ」

圭介は、権田の祭壇に向かい手を合わせてから、めずらしくしんみり千代に言った。

「権田さん、幸せだったよなー」

「そうかしら」

幸せとか、ありがとうとか一言も千代には言わなかった。千代はどうでもいいと思う。

最後の三年ばかりを権田と暮らしたのは千代の想いだった。権田に頼まれたのでも、同情したからでもない。想い――それ以上、うまく言葉ではあらわせない。

「圭介さんは、彼女と結婚はしないの？」

千代は人のことを言えるかしらと、可笑しくなった。

「五月につくばで簡単な式を挙げることにしたよ」

「それは、おめでとう。家族をつくるってことね」

「彼女も研究テーマをもっているし、俺もまだ非正規雇用だから、もっと先で……なんて思っていたけど……」

「気が変わった？」

「そう、彼女の実家、仙台でね。震災の被害は家具が倒れるくらいだったけど、海沿いの親戚や知り合いの被害は大変だった。亡くなった人もいて。休みの日には彼女と瓦礫の撤去や炊き出しの手伝いに何回か行ったよ」

「津波の場面や仮設住宅など、テレビで見たけど、実際はどう？」

「写真やテレビで見るのと、現場で見るのとは全く違うと思う。テレビで見ると色や輪郭があるけど、現場に立つと瓦礫の山でさえ蜃気楼じゃないかと思うほど現実感がない。住宅の二階の屋根に乗用車が乗っている。漁船が窓を突き破り台所の中に入り込んでいる。草原が海岸まで続いている。でも叢を見ると流された家のコンクリートの土台がころがっている。あのとき、人も家もそれこそ一瞬で消えたってことが体でわかった。まさに廃墟。あたりに人影も音もない。〝白日夢〟っていうのかな。

コンクリートの塊に彼女と座って、そんな光景を茫然と眺めていたよ」

圭介はベランダの窓を開け、相模湾の光る波に目をやった。

「俺のほうから——結婚しようか——って言った。彼女も直ぐに頷いてくれた。仕事が忙しいからとか、正規雇用じゃないからとか、結婚の生活条件なんて、たいしたことじゃないって思えたよ」

千代にもわかる。人は時として理屈でない決断をするものだ。

それに気が付けばある日、突然、予期もしない舞台に立っていることもある。

「千代さん、招待状送るからお袋と結婚式に来てよ」

思いがけない誘いとともに、圭介は帰っていった。

十

権田の四十九日も無事に終わった。不動産屋の知り合いで、来宮駅に近いお寺に納骨も済ませた。マンションから歩いて四〜五十分ほど、千代が元気なうちはお参りできるだろう。

施設の弥生への訪問はもとより、これに権田の月命日の墓参りが加わった。

喪服を風に通し、洋服ダンスにしまう。

テレビの女性アナウンサーがニュースを読み上げている。

「東日本大震災から、間もなく五年目を迎えます……」

五年だ――

あの日、震災の数分前に権田のタクシーに乗ったことから始まったこと。あの日、あの震災がなかったら始まらなかったことを思う。

テレビ画面に映る復興の様子を眺めながら、千代は、誘われていた仕事を受けてみる気になっていた。それは老舗ホテルの所有する観光用のガーデンで、清掃や草取りや苗の植え込み作業だ。マンションに出入りする植木職人が声をかけてきた。補助作業員を数人世話してほしいと頼まれているので、滝沢さんマンションの庭で花や野菜を育てていたのでどうかな、毎日でなくてもいいそうだよ、という話だった。

ハーブ&ローズガーデンは知っている。

敷地二〇万坪、庭というより、どこからも初島が見える花の丘だ。ハーブだけでなく、四季折々の花を咲かせている。庭内にはレストランやオリジナルの雑貨店もあった。

週二回ぐらい、働いてみるのもいいかな、と千代は専門の職人たちに手入れされる庭の片隅で作業する自分の姿を想像してみる。

小宮山有紀の姿が浮かぶ。彼女がいたら、マリアの家の庭つくりを話題にしただろう。

日暮れ前に理事の横山を訪ね、四十九日を終えたこと、権田の部屋は姉の佐伯孝子が業者に片づけを依頼したこと、そして売却物件になることを告げた。

帰りがけ、横山は突然、思い付いたように言った。

「そうだ、滝沢さん、理事の一人になってくれない？　住人で適当な人がいなくて。何もしなくていいから、人数合わせ。年に数回の理事会に出席してくれればありがたいよ」

「本当に何もしなくていいなら。名前だけね」

以前だったら即座に断っていただろう、というより横山から頼み事などされなかった。

「大丈夫、書類は管理会社がつくるし、面倒なことはみな今までの理事と管理会社でするから」

熱帯魚は水槽ごと、弥生の施設の食堂においてくれることになった。

千代の部屋に増えたものもある。圭介がおいていったパソコンだ。

「新しいのを買ったから、これあげるよ。お袋も要らないっていうしね。難しいこと覚えなくても、インターネットで検索するだけでも便利だよ。これからの人生、インターネットが使える人と、使えない人では違ってくるよ。使い方、お袋に聞いたらいい。ああ見えても人に教えるのが上手いから」

一方的に言って、千代の腕に抱えさせた。

それから一度も触れることなく、茶箪笥の上に置いてあった。

圭介が言ったような〝これからの人生〟って、まだ千代にもそれがあるのだとしたら……。パソコンのカバーをあげて無機質な黒い画面を撫で、文字盤を押してみた。

電源スイッチを入れるだけで〝これからの人生〟、そして未知のささやかな世界がひろがる、……のか。

その世界に入っていくことは意外に簡単かもしれない。

千代は月めくりカレンダーをベランダの近くに掛け替え、行事予定欄に書きこむことを、あれこれと頭に浮かべた。

権田の月命日、ガーデニング作業に出る曜日、弥生の施設訪問日、パソコンを練習する時間、年に何回かの理事会の日。

そうそう、五月には圭介たちの結婚式への出席も。

しばらくぶりに結婚式用の服を誂えようかと思う。

ずっと空白だったカレンダーに行動予定が書き込まれ、そこに黄昏時の夕陽が照り始める。


（完）

優秀賞　（小説）

炭焼《すみや》きの少年《しょうねん》

瀬戸《せと》　敬司《けいじ》

（一）

夕日が落ちて薄い闇が沢筋を覆い始めた。父と母がソリ道を下って行く。家に着く頃は真っ暗になっているだろう。

「ケモノにさらわれないように」

父が冗談を言うと、母は、

「あんた弘志を怖がらせないように」

と、たしなめた。

「大丈夫だよ。俺、ぜんぜん、怖くない」

今日は一人で炭焼き小屋に泊まる。先程、水汲みに行った時、下の小屋の作男さんが、

「三日続けて小屋泊まりだったから、今日は家に帰る。汗で体中が臭くなっちゃった。今日はこの沢の炭焼連中はみんな家に帰るみたいだよ。泊まるのはあんただけだ。ケモノにさらわれないように」

と、おどかした。

「誰もいない方がいい」

弘志が強がりを言うと、

「そりゃあ、そうだな、弘ちゃんは中学生だもんな。あっ、あんたにいいもんをやるよ。兎の肉だ。

罠に二つかかっていてな。ほら片足やるよ。肉鍋にするといい。うまいぞ」

作男さんにもらった兎肉を母に見せると、

「良かったじゃないか。片足だけじゃあ、家に持ち帰っても、皆の分までまわらない。だから、弘志が今夜食べなさい」

と言って小屋の後の小さな畑からネギを採ってきてくれた。

父と母が帰ってしまうと、急に山の霊気が迫ってくるような気がした。ランプをつけると小屋の中がぼんやりと明るくなった。間口一メートル、奥行き三メートルの小屋は入り口に炉があり、その奥が眠る場所になっている。雑木を組み合わせた骨組みに、四方の壁を笹でふき、屋根にトタン板をのせてある。

炉の灰をかき炭火を引き出す。三本脚のゴトクに鍋を乗せて、兎肉の脂でネギを炒めてから、醤油と水を注ぎ、汁が煮立ったら肉を入れる。ぷーんと、いい匂いが漂ってくる。木の枝で作った箸で肉を取り口に入れた。

「うめえ」

誰もいない小屋に弘志の声が響く。肉を口にするなんて久しぶりだった。たしか前に肉を食べたのは、卵を産まなくなっためん鶏をつぶした時だった。半年前だったか。

肉をおかずにご飯を三杯食べた。四杯目は煮汁のぶっかけで食べた。釜の底には明日の朝食分の茶碗一杯くらいしか残っていない。

夕食を食べ終わると、もうすることがなく眠るしかなかった。小屋の隅に積み上げてある布団を敷いて潜り込んだ。布団には父の匂いがこもっていた。煙草の匂いもした。父は刻み煙草を煙管に詰めて吸っている。あんなものどこがうまいのか俺は絶対煙草呑みにはならない。弘志は思った。

英語の教科書を広げたが、ガサガサと何かが動く音や、ふうっという動物の息づかいが聞こえてきて集中出来なかった。

起き上がって外に出ると、月夜だった。見上げると昼間切り倒した雑木が斜面に横たわっている。その枝を払って丸太にして、斜面を引きずってきて、作業場まで集めてくる。作業場ではその丸太を六十センチ長に切り、土窯に入れ炭に焼くのだ。

焼きあがった炭は三十五センチ長に切り、俵に詰め、ソリで林道まで下ろす。そこからは馬車で村へ運び、買い付け業者に売る。

弘志の家ではここ十年ほど炭焼きで生計を立てていた。農業収入だけでは、五人の子供を養っていけないのだ。

その炭焼きもこの山で終わりになる。もう、この愛鷹山東麓にはここしか雑木の森が残っていない。世間はエネルギー革命とかで、薪や炭から石油に移り変って行くらしい。

なかなか眠れなかった。バサバサという羽音とホウホウというフクロウの声がした。大きな楠の木の穴に棲みついている奴だった。まだその辺りの木は伐っていなかったが、いずれはこの山全ての木を伐採して炭にする。その後には檜の植林をする計画がある。あのフクロウはどうなってしまうのだろう。

（二）

父と母が山に上って来た。今日は窯から炭を出す日だ。窯は直径三メートル程の大きさ。高さ一・二メートルの壁から真ん中に向かってなだらかに盛り上がっている。そう、力士のお腹のような形の土の窯だ。後側には煙穴、前に焚き口がある。窯の中には炭木を縦に並べ、天井と炭木の間に細い枝木を詰める。

焚き口で火を燃やしても窯の中の生木に燃え移るまで時間がかかる。焚き続けるとまず天井と炭木の間に詰めた細い枝木が燃え始める。その炎が炭木を乾燥させ、やがて炭木に燃え移って行く。最初、水蒸気を含んだ白と黄色の煙が出てくる。硫黄を燃やしたようなきつい匂いもする。煙の勢いと匂いで炭木が燃え始めたことを判断するらしいが、弘志にはわからない。でも父親は、

「よし、木に火が入った」

と言いながら、焚き口の火を弱める。

大事なのは、いつ焚き口と煙穴を塞ぐかだという。どんどん火を燃やし続けると、窯の中の木は灰になってしまう。炭に残すには途中で酸素を遮断して蒸し焼きにしなければならない。

このタイミングが早すぎると燃えカスが残り、出荷した先で煙が出ると苦情が出る。遅すぎると炭

から灰に変化した部分が増え、炭の量が少なくなってしまう。だから火をとめ窯を塞ぐタイミングには細心の注意を払う。

父は煙の色と匂いだと言う。煙の色が白から青に変わってから、どのくらいで窯を塞ぐか。とにかく窯に火を入れてから、窯を密閉するまで見守らなくてはならない。この間、小屋泊まりになる。

窯を密閉してから四日目。焚き口と煙道を開く。

母が窯の傍へ寄ってきた。窯の中から残っている熱気が外へ流れ出してくる。

「おお、いい感じだ」

父は満足そうに言う。

「この炭を売ったら、子供たちに足袋と下着を買ってやらなきゃあならん。母さんにも何か買ってやるよ」

「いいよ、私は。欲しいものないからね」

焚き口に近い炭は、ちょっと細くなっている。長い間炎に晒されて灰になった部分が多いためだ。

父が窯に入って炭を焚き口まで出す。それを弘志が作業場まで運び、母が三十五センチ長に挽き、炭俵に詰める。一俵十五キロ詰めだ。

午前中かかって炭を出し終わった。がらんどうになった窯に入ってみる。中はほの暗い。細かな炭の粉が舞っている。母親のお腹の中もこんなだろうか。

「弘志、昼飯だよ」

母の呼ぶ声がした。筵を上げて小屋に入ると、炉に鍋が掛けられ、うどんが煮えていた。

「まだ、ご飯が残っていると思ったけれど、夕べ弘志が沢山食べたんだねえ。兎の肉はうまかったかね？」

「すげえ、うまかった。肉なんて久しぶりだもんね。皆には悪かったが、一人でいい思いをしたよ」

昼食のうどんは、湯を煮立てて乾麺を入れ、柔らかくなったところへ大根の細切りとネギと、まぐろフレークを加え、醤油で味を調えたものだ。

「いやあ、うまい、うまい」

弘志は言いながら、おかわりをして食べた。

「昨夜は寂しくなかったかい？」

「全然。よく眠れたよ。あっそうそう、大楠のほら穴に棲んでいるフクロウだけど。あの木も切り倒して炭に焼いちゃうの？」

「そうだよ。あれだけを残すわけにはいかない。この山の木は全て倒して整地してそのあとに檜の植林をすることが決まっているんだ」

「どうして雑木の森をなくしてしまうの？　うちの近くの檜の林に時々行くけれど、中は薄暗くて下草もない。山菜も、茸も採れない」

「お前がそう言っても、ここ一帯は全部檜の山になる。炭や薪にしかならない雑木よりも、建築材になる檜のほうが価値があるというわけさ。もっとたくさんの住宅をという社会の要求に応えて、国をあげて檜や杉の植林計画が進んでいるそうだ」

「木が使えるようになるのは五十年くらい必要だろう。その時本当に国産の檜や杉が住宅に使われているだろうか？」

「それは分からん。でも昔から言うだろう。その土地に育った木で家を建てよってさ。暑さ寒さ、乾燥、湿気などあらゆる気候条件の中で生きてきた木なら強いし狂いも少ない。それが国産材の強みだ」

「そうだね」

食事の後片づけをしながら母が言った。

「弘志、私達がここで炭を焼かせてもらい、そのお蔭で生活が出来、学校にも行けるということも忘れないように」

午後の弘志の仕事は、ソリを使って、俵に詰めた炭を馬車が来る所まで下ろすことだった。ソリの操作は父に二回教わっていたが、その時はまだ荷を積んでいなかった。ソリの大きさは横一・五メートル、縦三メートル。厚さ六センチ、幅二十センチ程の樫板を両側に置き、これを五か所の横棒でつなぎソリにする。このソリに曳き綱と舵棒とブレーキをつける。

ソリが滑って行く道には、土の部分と木で組んだ橋や枕木の部分がある。岩が露出した所には枕木を敷き、沢を横切る所は橋を架けてある。

下りは荷の重みで滑って行くが、暴走を止めるのに苦労する。舵とブレーキ使いが難しい。ブレーキをかけ過ぎると、傾斜が緩い所にきて止まってしまい、動き出すまでに力がいる。運転手の力を必要とせず、カーブも急傾斜も運転手の意思通りに滑ってくれれば理想なのだが、そうはいかない。時間や天候などによっても地面や枕木の滑り方が違う。またソリの底に塗るワックスの塗り方によっても滑り方が違ってくる。

「ゆっくり、ゆっくり下って行け」

と、父は言う。弘志がソリに巻き込まれでもしたら大変なことになるからだ。

以前、父は牛車に巻き込まれたことがある。牛に曳かせた大八車にさつま芋のツルを満載して急坂を下ってきた。どうした弾みか牛の鼻輪から引いてあるロープの先を足で踏みつけ転倒してしまった。牛は驚き駆けだし、ブレーキも外れ、車を引きずったまま暴走した。父は車輪で腕を轢かれた。牛は百メートルほど先で止まった。父は腕を押さえたまま山を下り家へ着き病院へ運ばれた。

炭一俵十五キロ、十二俵の荷はソリの速度を上げる。弘志はブレーキを掛けながら小屋前の道を下っていった。ブレーキが赤茶色の地面を掘り音を立てる。ソリは運転者を無視して自分勝手に滑ろうとする。百メートルも下ると、道はカーブにかかる。まっすぐに滑ろうとするソリ、ブレーキを掛けてもソリの惰性は止まらない。

ぐっと足を踏ん張って受け止める。いやいやソリが従って速度が落ちる。だけど止めてはいけない。止まったら動き出すまでに大きな力が必要だ。大人しくなったソリを木の橋に導く。そろり、そろり、渡りきるまで気が抜けない。ソリ幅いっぱいの橋なのだ。橋の渡りの部分は雑木の丸太を並べ両側を針金で縛っただけ。丸太と丸太の間は隙間があり、足がその間に落ちたらソリの暴走を引き起こすことになりかねない。ぽんぽんと丸太の上を飛びながらソリを曳かなければならない。

林道が見えてきた。最後の百メートルは直線で、傾斜もきつい。つい過速度になりがちだ。ブレーキを調整しながら慎重に下る。下りきって林道の平らな部分に来ると、ほっとする。

「おっ、今日は弘志がソリ曳きか。親父さんも助かるな」

馬車曳きの留男さんが、広場にあった泰造さんの炭を荷車に積みながら言った。

「あんたの所の炭は夕方運ぶからな。この荷を里まで運んでまた登って来る」

留男さんの馬はうっすらと汗をかいていた。炭が荷車に積まれて行くごとに増えていく荷重に足を踏ん張って耐えていた。留男さんは炭を積み終えると、刻み煙草で一服して、

「はい、どうどう」

と、馬に掛け声を掛けながら下って行った。弘志は空になったソリを担いで山道を登り始めた。ソリの真ん中の横木を肩に当て、水平に保ちながら登って行く。空といってもソリの重さは三十キロくらいある。そのうえ三メートルと長いのでバランスをとるのが難しい。何度かソリに振られて転びそうになりながら、汗だくで小屋前に着いた。炭俵はもう十八出来ていた。

「今度は俺が代わる。弘志は休んでいろ」

と、父が言って、さっさと炭を積み始めた。十八俵全てを積んでソリは軽快に下って行った。やっぱり違うわ。弘志はソリを見送った。山肌を吹き上げる風が汗に濡れた体を急激に冷やした。

「うっ、寒くなってきた」

「そんなら少し炭窯に入って温まると良い。まだ熱が残っていると思うよ」

と、母に言われて、弘志は炭窯に潜りこんだ。ほんのりとした温かさに包まれる。外の音が途絶えて別世界にいるかのようだ。ごろりと横になる。この中で一晩泊まってみたいな。どんな夢をみるか楽しみだ。釜の天井や壁にはヤニが染みつき底には灰が積もっている。

ヤニは木の涙、灰は形見か。炭に焼かれてしまった木々の思いがこもっているような気がした。しょうがないんだよ、弘志は言い訳をもらした。

汗がひき、体が温まったので窯から出て行くと、もう父が戻っていた。

「弘志、今日のソリ曳きは終わりだ。炭はあと背負子で運ぶ。三俵ずつ二回運んだら、お前の仕事は終わりだ。そしたら、お母さんと山を下れ。途中、下の沢で茸を採っていけ。今年は暖かいから、もう出ているはずだ。明日は山仕事は休み。お母さんに蕎麦を打ってもらう。茸の汁で食う蕎麦はうまいぞ」

背負子に炭俵を三俵くくりつける。まず二俵を背負子にくくりつける。横積みにすると背負子いっぱいの高さになる。三俵目はその上に積むので背負子からはみ出てしまう。

背負子の前に腰を落とし、肩ひもを掛け立ち上がる。後から父が背負子を持ち上げてくれた。

「いいか、肩ひもの位置を調整してバランスをとれ。三段目の俵が出っ張っているので、前や後に振られるから気をつけろ。坂道ではとくに気をつけろ。ちょっと前かがみになって荷重が垂直になるようにしろ。体が棒立ちだと後に引っ張られて、ドスンと倒れるぞ」

小屋の前の急坂が第一関門だった。前屈みになって肩ひもを手で引っ張って荷が後に引っ張られるのを防ぐ。あんまり肩ひもを前に引き過ぎると今度は荷が前に倒れてくる。

木の橋の所まで来るのに何度ひやりとしたことだろう。さあ、問題の場所だ。そろりそろりと足を踏み出し、足場の丸太を渡る。滑るなよ。折れるなよ。弘志は祈りながら渡って行った。

渡り終わって気が抜けた。ぐらっと背中の荷が揺れた。うーんと足を踏ん張ってこらえた。危ない、危ない。油断するな。自分に言い聞かせる。

二回目になると要領も覚えて、バランスのとり方も上手くなった。さほど苦労しなくても三俵の炭を運ぶことが出来た。運び終わって空身で上って来る時には鼻歌が出た。シジュウカラが谷を渡ってきた。集団で鳴きながら近づいてくる。どこへ行くのか。餌はあるかい、弘志は鳥達に呼びかけた。

炭小屋前の作業場へ戻ると、もう、俵詰め作業は終わっていた。出来上がっていたのは六俵、今度の窯で出来た炭は全部で四十二俵だった。一俵四百三十円だというから、一万八千六十円になる。ここから俵代、縄代、里まで運んでもらう馬車代などを引くと幾ら残るのか弘志には分からない。この炭山を幾らで買ったのかも知らない。

とにかくこれで家がいくらか潤うことは事実であるが。まあ、自分を筆頭に四人が全て学校へ行っているから、大変なことは分かる。だから長男の自分は、なるべく親にねだってはいけないと自覚していた。来年は中三になる。高校はどうする。進学高校へ行きたいのだけど、高校三年、大学四年、七年も自分を遊ばせてくれる余裕などうちにはない。すると実業高校になる。工業か商業か、本当はどちらも好きではない。夢は国語の先生になることだが。

父は後片づけをして留男さんの馬車が来るのを待ってから帰ると言う。残った炭は六俵。

「俺が帰りがけに三俵背負って下るよ」

と言うと父は、にこっと笑って言った。

「おお、すまんな。ありがとう」

「弘志も大人になったものだ。自分から大変なことを買って出るようになった。その気持ちを忘れないように」

母もうれしそうに言う。弘志は褒められて背中の炭俵三俵が軽くなったような気がして、母の先をずんずん下って行った。

茸のある場所は、三年前雑木林を伐採して、その後に檜を植林した所だった。ひざ丈の草の中に雑木の切り株が残り、それが枯れ、腐り、そこに茸の菌が繁殖したものだった。出てくるのは、この辺りでアシナガと呼ばれる茶褐色の茸。小さな傘と長い足が特徴だ。通称アシナガといわれるが、本当はクリタケというらしい。

「おっ、あるある。でっかい株もある」

弘志は歓声を上げながら茸を採った。アシナガはナラやクリ、クヌギなどの木に生える。汁に入れると出汁が出る。しこしことした食感もいい。そして何よりもたくさん採れる。菌の繁殖が盛んな場所には茸が二、三十本も繋がった大株があることが珍しくない。こんなにアシナガが大発生する場所を見つけた人は、絶対他人に教えない。どさっと沢山茸を分けてやっても、何処で、いつごろ採れるか口にしない。しかし、山に常時出入りしている人には判ってしまう。あの山のあの辺りはいつ雑木林を伐採したか、今年は何年目だから、そろそろ茸が出てくる頃だと、見当をつけられてしまう。

炭俵に二杯分、アシナガ茸を採って意気揚々と里に下る。途中で留男さんの馬車に会った。

「ご苦労さんです。お父さんが上の沢の土場で待っていますから」

母は手拭いを取って頭を下げながら言った。

「その炭俵は消し炭かね。馬車で運んでやるのに」

「ううん、軽いから」

弘志がとっさに言うと、留男さんは二つ頷いて馬に一鞭当てた。道がこれから険しくなるから活を入れたのかなと弘志は思った。

（三）

家に着くと小学校六年生の佳子がうどんを打っていた。母に代わって夕食の支度をする。大抵は切りこみうどんだ。米は貴重で三食米飯に出来ない。弘志の家は農家といっても田んぼをもっていなかったから、米は買わなければならない、陸稲を作って米をとっても子供五人、大人三人の家族の食はまかないきれない。だから、粉食で代用する。

切り込みうどんは、小麦粉を練り、薄く延ばして屏風状にたたみ、定規代わりに手を包丁の峰に当てながら切っていく。一本の太さは八ミリくらいでこれを野菜の汁の中に入れて煮る。出汁は花鰹。鰹といってもイワシやサバの削り節だ。野菜は大根や里芋や人参で、市場に出せない等外品を使う。削り節の出汁は最近になって使い始めたもので、以前は菜種油やイルカの脂身を出汁代わりに使っていた。

「佳子、今日はアシナガを採ってきたから、うどんに入れよう。うまいぞ」

「お兄ちゃん、茸をきれいにしておいて」

弘志はアシナガ茸をザルにあけ、草や木の葉を取り去り、鍋に湯を沸かしさっと茹でこぼした。そしてその茸を流水で洗い水を切って別のザルにあげた。

「お兄ちゃん、もう茸を入れてもいいよ」

佳子が竈の前で弘志を呼んだ。大きさ五十センチの鉄鍋の中に、湯が湧き、野菜が入っている。冷たい茸を入れると湯の温度が下がったが、またすぐ復活してきた。

「うどんも入れてね」

と佳子がもろ箱を手渡す。箱の中にはきれいに揃ったうどんが並べられていた。それをぱらぱらとほぐしながら鍋に落とす。うどんはさっと沈んでまた浮き上がってきた。菜箸で一本つまんで食べ、茹で具合を確かめる。よし、芯まで熱が通っている。婆ちゃんは柔らかいのが好きだから、このくらいがいいだろう。薪の火を弱めて醤油を入れる。今日は頑張って疲れたから、ちょっと濃い目の味にしよう。弘志は味を確かめながら醤油を足していった。

佳子はラッキョウを瓶から出し、沢庵を切り、キャベツを刻み、それにソースをかけて卓袱台に出した。

「ご飯だよ」

佳子は納屋で炭俵を編む萱を揃えている父と母を呼び、寝たきりになっている婆ちゃんの所へうどんと麦飯とおかずの漬物を運んでいった。弟と下の妹は囲炉裏のそばで眠っていた。

「夕飯だぞ、起きろ、起きろ」

弘志は二人を揺り動かして目覚めさせた。

肉も魚もない粗末な夕食だったけれど、賑やかなひと時となった。

「お兄ちゃん、山の小屋へ一人で泊まって、怖くなかった？」

と、弟が聞いてきた。

「全然、怖くない。一人でゆっくり眠れたよ」

いま家には五組の布団しかない。一組は婆ちゃん、父と母、弘志と弟、佳子と妹、二人で一組の布団に寝る。あと一組は来客用だ。

弘志と弟は尻あわせ、頭を前後逆にして寝ている。弟は夜中にぐるぐる廻る癖があって、寝ている弘志の足の上に乗っかってくる。弘志が退けてもまたぐるっと廻って乗ってくる。

「山には楽しい事がいっぱいありそうだな。行ってみたいな」

うどんをかっこみながら弟が言う。

「馬鹿、遊びに行くのではないぞ。重いソリを曳いたり、転ばした木を窯の前まで引っ張ってきたり、大変なんだよ」

「そうだよ。お兄ちゃんはよく働いてくれる」

父は今日一日の弘志の働きぶりを話した。

夕食がすむと囲炉裏の周りに座り、鉄鍋をかけ落花生を炒る。ゆっくり木のしゃもじで落花生をかき混ぜて、焦げないよう均等に熱が行き渡るようにする。ぱちぱちと薪がはぜる音、がらがらと落花生をかき混ぜる音、単調なリズムが眠気を誘う。弘志もこっくり、こっくりし始めた。突然、ぱーんと音がして目を覚ます。落花生がはぜた音だ。豆の炒れた香ばしい匂いもしてきた。一つ取り、炒れ具合をみる。

「お兄ちゃん、どう?」

妹と弟が乗り出してくる。

「よし、食え、熱いから気をつけろよ」

弘志は言いながら、落花生を盆に移した。皆の手が伸びて落花生を取る。

「ラジオがあるといいのにね。夕方、ラジオのある川西さんちへ皆で行くと、あそこのおじさんうるさがるんだ。家でもラジオほしいよ。ねえ、お母さん。買ってよー」

妹が言うと、弟が同調する。

「そのうち、お金が入ったらね」

お母さんが言うと、二人は、

「ねえ、いつ、それって、いつ？」

と迫る。母は黙ってしまった。弘志はいま家にはラジオなんて買うお金はないんだと分かっていた。でもラジオがあればいい。相撲も聞ける。好きな吉葉山の活躍も聞ける。ラジオがほしいな。でも家には金がない。誰か買ってくれそうな人はいないか。そうだ横浜でコックをしているとかいう叔父さんがいた。手紙を書いて頼んでみよう。

「ねえ、お兄ちゃん、山小屋に泊まった時の話をして。私、今度、町で出している文集に載せる作文を書くことになったの。だから今何を書こうか迷っているの」

佳子が聞いてきた。弘志は夜、何かが藪で動く音や獣の息づかいが聞こえてきたこと、そして星を眺めたこと、フクロウの声を聞いたことなどを話した。フクロウの話の場面では棲み家の大楠が切られてしまうことも話した。

「可哀想なゴロスケ君。私フクロウの話を書くわ。もっと詳しく話を聞かせて」

「お父さんに聞くといいよ。俺はまだそのフクロウの姿を見たことがない。楠の木の穴も高すぎて良く見えない。ねえ、お父さん、佳子にフクロウの事を話してやってよ」

土間で縄をなっている父は、

「そうか、夜なべ仕事はこのくらいにして話をしてやるか」と言いながら、囲炉裏の横座へ上がって来た。

弘志は横浜にいる父の弟の末吉さん宛ての手紙を書き始めた。

拝啓、末吉おじさん。お元気ですか。

我が家ではみな元気で暮らしています。

父と母は愛鷹山に炭窯を作り、炭を焼いています。

俺も休みの日には山に行き、木を切ったり、それを窯前まで運んだり、また出来た炭をソリに載せて、馬車が来る所まで下ろしたりしています。

おじさん、お願いがあります。ラジオを送ってくれませんか。ラジオがあればどんなにいいか、妹も弟も俺もラジオを聞きたくて、たまりません。

横浜は大都会ですから、きっと、いいラジオが安く買えると思います。お願いします。

弘志は叔父さんが働く横浜の山下ホテル内、杉本末吉様という手紙を出した。度々、父親宛てに来る手紙からすると叔父さんは結構いい生活をしているように思え、ラジオ一台なんて簡単に送ってくれそうに思えた。後で聞くと、叔父さんはまだ見習いコックで給料もろくに貰っていなかったそうで、相当無理してラジオを買ったということだった。

そんな事は知らないもので、一週間内にはラジオがくるものと思い込み、がっかりしながら二週目に入り、一ヵ月過ぎた。

やっぱり願いは叶えられなかった。忘れようとした二ヵ月後、ラジオが到着した。川西さんちのラジオは縦型で一斗缶みたいな形をしていて色も茶色で地味だが、送られてきたラジオは横型で白に青の線が入った洒落た物だった。弘志も弟妹も大喜び、時間があればラジオにかじりついていた。

弘志は大相撲の実況に夢中になった。ひいきの吉葉山が優勝すると、うれしくなって泣いた。

（四）

佳子の書いた作文が町の文集に載り、県の作文コンクールの優秀賞に入り、ラジオで放送された。町では話題になり、フクロウの棲み家の大楠はどこにあるか、伐採しないで残してあげればいいのにという声が大きくなった。町でも放っておけず町長も乗り出し、大楠のある山の持ち主に木の保存をお願いに行くことにした。

山の持ち主は横浜の財閥で、木一本くらい残すぐらいはいいですよと承諾してくれた。

「良かったな、佳子。お前の作文のお蔭でフクロウが助かった。それとわが家もすっかり有名になった。お父さんは炭焼き一家が有名になってもしょうがないって迷惑がっているけど。お母さんは、一時の騒ぎ、みんなすぐ忘れるって笑っていたよ」

弘志が言うと佳子は低い鼻をつまんで高くした。

とにかくフクロウの大楠は助かった。大騒ぎする割には山奥の現場まで見に来る人は少なかった。初めの頃の日曜日には五、六人大楠を見に来ていたが、それも半月もすると見物人も姿を見せなくなった。

母の言う通りになった。

弘志の家では、いつも通り炭を焼き、それが生活の糧であった。

雑木の山はもう半分以上が禿げ山になった。フクロウの大楠の周りの雑木は残っているが、そこもいずれ伐採しなければならない。

「ねえ、佳子を山に連れてってって。お兄ちゃんの話を聞いて作文を書いただけで、実際フクロウの姿をまだ見ていない。フクロウのゴロスケに会いたいの」

と、せがまれて、弘志は日曜日に佳子を炭山に連れて行くことにした。

「うあ、佳子姉ちゃんだけ、いいなあ」

羨ましがる弟と妹に、

「駄目、駄目、炭山は遠いんだぞ。二人には無理だ」

と、無理やり納得させる。

日曜日の朝暗いうちに、弘志と佳子は、昨日の残りの里芋入りのご飯をおにぎりにし持って出発した。

米のご飯を炊いても、まったくの銀シャリではなく、良くて麦入り、普通はさつま芋や里芋を入れ、ご飯の量を増やしたものだ。

張り切ってずんずん歩いていた佳子だったが、村の一番上の家が切れる辺りまで来ると、がくんと歩くペースが落ちた。

フクロウは夜行性だから日が出ると木の穴から出てこない。この分だと山に着く頃には、日が出てしまう。

「なあ、佳子、山に着く頃にはお日様が上がってしまって、フクロウは木の穴に入ってしまうよ。どうする？　ここから引き返すか？」

弘志が言うと、佳子は残念そうな表情を見せたが、

「ううん、帰らない。山に行く。昼間が駄目なら、夜までいてゴロスケに会うんだ」

きっぱりと言って、足を速めた。

山の神社を過ぎて二キロほど上ると、林道は山裾を巻くようになり分岐する。左を行くと御洞、右を行くと本洞になる。本洞の下部を下の沢、上を上の沢と呼ぶ。雑木の伐採は下の沢から始まり、今は上の沢で、ここで六軒の家が炭を焼いている。

下の沢の水場に来ると太陽が昇ってきた。

「明るくなっちゃったね」

と、弘志が言うと、佳子は黙ったままだった。沢水を飲んで一息入れる。そしてまた歩き出す。

「ここが土場。炭の積み出し場だ。うちの炭窯はここを上がった所にある。焼いた炭はここまで運び出すんだ。ソリと背負子でね。ここからは留男さんという馬車曳きに頼んで村まで運んでもらう。そして業者に買い取ってもらうんだ」

ソリ道を上がって行く。

「ここが、うちの炭焼き場なの？」

言いながら佳子は小屋に入って行こうとする。

「違う、ここは他所の小屋だ。入ったりしては駄目。うちの近くの作男さんっていう人の炭焼き場だよ」

弘志は佳子を引き戻す。この時、入り口の筵の間から中が見えた。敷きっぱなしの布団、開いたままの大人の雑誌、酒の瓶、佳子に見せなくて良かった。

「水を汲んで行こう」

ソリ道の脇に小さな水場がある。岩の間からしたたり落ちるほどの水量しかないが、作男さんとうちで共同で使っている。水受けに置いた一升瓶に水がたまっている。それを持ってソリ道を上がる。

作男さんの小屋から三百メートルほど上がうちの窯場だ。着いたらまず、入り口の筵を巻きあげて小屋の空気を入れ替える。

「ねえ、お兄ちゃん、ゴロスケの木はどこなの？　行ってみよう」

「そうだね。木が高いから、近くに行っても穴は見えない。ここをまっすぐ上って尾根筋に出てから、楠の木に近づいて行くと丁度木の穴と同じ高さになる所がある。ほらあの岩の所、あそこから見るといい」

佳子はずんずん先にたって斜面を登り、尾根筋に出て、岩の上に立った。佳子に追いついて弘志も岩の上に立つ。

「フクロウは見えたかい？」

「穴は見えるけどゴロスケはいないみたい」

「まだ、餌取りから帰っていないのかなあ。それとも穴の奥へ潜って眠っているのかなあ」

佳子は食い入るように見ているが、穴の主は姿を現さない。長いこと見ていたが変化がない。佳子は残念そうに岩から降りて、

「夕方、出てくるかしら。それまで山にいるわ」

小屋に戻るとまもなく父と母が上って来た。

「どうだ、フクロウは見えたかい？」

と、父が聞いた。

「ううん、駄目。明るくなっちゃっていたから」

と、佳子が答えた。

「朝ご飯まだだろ。お茶沸かしてやるから」

と、母が言う。

自在鉤に掛けられた薬缶の湯が沸いた。弘志と佳子は母がいれてくれたお茶を飲みながらおにぎりを食べた。米と麦と里芋のご飯をにぎったものだ。

「ねえ、お兄ちゃん。里芋が傷み始めていない？」

「そうかな。里芋はこの粘りが特徴だけど」

言いながら弘志はちょっと異常を感じたが、ここでこのにぎり飯を捨ててしまったら、昼まで腹がもたないだろうと思った。

「平気、平気。うまいよ」

と、ぱくぱく食べてしまった。

幸い時間がたっても、腹は異常なかった。佳子も何でもないらしい。良かった。

弘志は父の手伝いをした。今日は新しい場所で雑木を伐採して、それを窯場まで運んでくるのだ。

この伐採地には山桜の木が多かった。弘志は可憐で清楚な山桜の花が好きだった。同級生でいえば妙子さんかな。彼女は勉強が出来、テニスもうまい。ピアノも弾ける。だけど決して出しゃばらない。いつも一歩後にいる。そんな妙子さんが好きだ。けれどこれは心の中だけで思っているだけだ。彼女は村の診療所長のお嬢さんで、僕らと住む世界が違う。間違っても彼女が好きだなんて他人には言えない。きっと、えっ弘志が、無理、無理、と笑われてしまうに違いない。

この山桜の木がどんな花をつけるのか、見たかったな。ごめんな、弘志はそう言いながら、鋸を当てた。桜の木は嫌がっているのか、鋸をしっかりと食いこませて刃の動きを止めてしまう。

山桜、椎、樫、欅、姫沙羅、木伏、黒文字などを倒し、枝を払って丸太にして投げ下ろす。そして前進して、また投げる。これを繰り返して作業小屋の前まで運ぶ。全部の丸太を運び終わった時には、昼になっていた。

汗だくになった。全身が痛くなった。腹が減った。

「お昼ご飯だよ。弘志と佳子の分の箸を作ってきて」

母が呼んでいた。弘志は鎌を持って藪に入った。熊笹を刈り取り二人分の竹箸を作った。清々しい匂いの箸が出来た。

「お昼はすいとんだよ。お米を買うのを忘れてね」

と、母が言う。忘れたのか、買うお金がなかったのか、どちらでもいい。弘志はすいとんが好きだった。

すいとんは、野菜の汁の中に水で溶いた小麦粉を落としただけの簡単料理だ。でも、野菜から溶け出したうま味が、小麦の団子にしみ込み素晴らしい味わいになる。小さい時から食べてきた親しみもある。ご飯よりもうどん、すいとん、そばがき、そして鍋で水で溶いた小麦粉を焼く鍋焼きなど、粉食の方が多かったような気がする。

「お昼を食べたら、佳子は家に帰れ。弘志と一緒に」

と、父が言うと佳子は、

「私、夕方までここにいる。薄暗くなったら、フクロウが穴から出てくるかもしれない。折角、来たんだからゴロスケに会って帰りたい。いいよね」

「でも、フクロウが顔を出すとは限らないぞ」

弘志が佳子に言い聞かせるように言う。すると母が、

「じゃあ今日は、お母さんが早仕舞いにして山を下りるよ。私が夕飯を作るようにしよう。佳子、フクロウに会えるといいね」

佳子はうれしそうに、

「お母さんありがとう」

と、顔を輝かせた。

午後三時、母は山を下って行った。佳子は疲れたのか小屋の中で眠っていた。夕方になったら起こしてやるからという約束をしてある。

四時を廻って少し日の光が衰えてきた。風も冷たくなってきた。あと三十分もすると山が陰ってきて、薄闇が降りてくる。

「佳子、急げ、すぐ暗くなってしまうぞ」

と、弘志はまだ眠そうな佳子の手を引いて、歩き始めた。朝、楠の木の穴を覗いた尾根筋の岩の所まで素早く登らなくてはならない。

息を弾ませて岩の上に立つ。雷神社の杜の向こうの高嶺に真っ赤な太陽がかかっていた。もうじき日没、足早に夕闇が落ちてくる。

さあ、フクロウ出て来てくれ。真っ暗になってからでは遅すぎる。暗闇では君の勇姿が見えない。佳子のために今日は早めに飛び立ってやってくれ。弘志は祈った。じりじりしながら待った。ああ、日が落ちてしまう。早く、飛んでくれ。

「まっ暗にならないと駄目なんだね」

佳子が諦めたように言った時だった。大楠の穴からフクロウが顔を出し、辺りをうかがっていたが、さっと飛び出して近くの枝へとまった。さあ。見てくれと言わんばかりに羽ばたいた。

「ゴロスケ、ありがとう」

佳子が叫ぶとフクロウは再び羽ばたいて雷神社の杜の方へ飛んで行った。

「ねえ、お兄ちゃん、見たでしょ。ゴロスケ」

佳子は興奮して言った。小屋へ下る時も、小屋から林道へ下るソリ道でも、興奮したままだった。

「良かったたな。佳子。また作文書けるかな」

父もうれしそうだった。山は暗闇が迫っていた。弘志は佳子の手をにぎってずんずんソリ道を下った。佳子が時々転びそうになったが、弘志はにぎっている手をぐいっと引いて支えた。

(五)

大晦日、村の家々では蕎麦を打つ。蕎麦を打つのは嫁の仕事で、嫁に来たらまず蕎麦を打てるようになることが必要で、お姑さんから手ほどきを受ける。この辺りの蕎麦は山芋つなぎの蕎麦で蕎麦粉と小麦粉が半々で山芋を粉の量の半分くらい入れる。

蕎麦粉は自分の畑で栽培し、手回しの石臼で挽く。山芋は男達が山に入り掘ってくる。自然の芋だから、太さも長さもいろいろだけど、よく見るのは太さ三センチ、長さ一メートルくらい。秋になると村人達は競って山芋掘りに出かける。

道具はホンズキと呼ばれる長い柄の先に幅十五センチ、長さ三十センチ、厚さ八ミリくらいの平たい鉄がついた物で、これで地面の中にある芋に沿って掘り進む。

必要最小の穴を掘り、傷つけずに芋を取り出すことが、上達者の条件らしいが、素人はそうはいかない。どうしても不必要な大きな穴を掘ってしまう。だから、効率が悪く時間もかかり、疲れてしまう。弘志の家では父が山芋を掘ってくるが、炭焼きで忙しい父は山芋掘りの経験に乏しく、上手ではない。家の周りの山で掘った芋で間に合わせてしまう。

「お母さん、湯が湧いたよう」

弘志は蕎麦を打っている母に呼びかけた。母は蕎麦生地の延ばしが終わり、たたみから切りに入っていた。直径一メートル、厚さ三ミリくらいに延ばした生地を、細長く屏風折りにして菜切り包丁で細く切っていく。定規など使わず、自分の手を包丁の峰に当て少しずつずらしながら切り進む。切った蕎麦はもろ箱に並べる。

蕎麦の茹で場は外の竹藪近く。古い竈に鉄の大釜を掛け、湯を沸かす。燃やすのは古竹で、火力が強く、蕎麦茹でに便利だ。

釜の中で湯が沸騰し、縁から外へこぼれ出ようとしている。ぱらぱらと蕎麦をほぐしながら投入する。温度が下がり湯が大人しくなる。枯竹を加えて火力を一気に上げる。湯は再び沸騰して蕎麦と一緒に釜の縁を駆け昇ってくる。溢れる寸前、さっと冷水を入れる。

びっくり水だ。急激に湯温を下げることで蕎麦に活を入れ、引きしめる効果があるらしい。

再沸騰したら、蕎麦をすくい取り、バケツの冷水でさらしながら洗う。洗った蕎麦は水切りがついた箱にひと摑みずつ並べる。バケツの底に残った蕎麦のくずは、茹で係のご褒美だ。手に取って口にすすりこむ。何もつけない。茹で立ての蕎麦の本当の味が楽しめる。ふむ、ふむ。蕎麦は、蕎麦粉、山芋、素材の良し悪し、水の量、捏ね、延ばし、切り、茹で時間など、すべての条件が揃わないと、うまい蕎麦にならない。

「お母ちゃん、今日の蕎麦はすごくうまいよ」

と報告に行く。

「そうかい、良かった」

母は満足そうだ。

蕎麦粉と小麦粉各五百グラム、山芋五百グラムを加えた一キロ半の玉が、蕎麦打ち一回分になる。水は入れないで、山芋だけで捏ねるから、なかなか柔らかくならない。この捏ねが大変で力がいる。だから、この作業も弘志の分担になった。

大晦日、弘志の家では一キロ半の玉を八回打つ。当日、粉から始めたのでは茹で上がりが夜になってしまうので、捏ねだけは前日の夕方から始める。

蕎麦粉と小麦粉を混ぜ、山芋を加え両手でかき回しながら、芋と粉をつなげ、親指大の固まりにしていく。この段階では芋の水分と粉の粒がしっかり結びついていないから、ぼろぼろっと崩れてしまう。

この小さな固まりをくっつけながら、だんだん大きな固まりにしていく。やがて丸玉に艶が出てくる。水分が粉全体に行きわたってきた知らせだ。ここまできたら、前日の捏ね作業は終了だ。濡れ布巾を被せて一晩置く。山芋入りの蕎麦は切れやすいと言うが、弘志の家で作る蕎麦はちゃんとつながっている。母に言わせると、水まわしが肝心だと言う。水まわしとは蕎麦粉と水（山芋）を結合させる作業で、ここを手抜きすると、長い蕎麦が出来ないそうだ。だから、母は水まわしに時間をかける。

翌朝、もう一度軽く捏ね、延ばしにかかる。始めは丸い玉をつぶして三十センチ大の円盤を作る。この生地を麺棒を使って一メートル大の円形に延ばしていく。麺棒は檜の間伐材を利用した太さ八センチ、長さ一メートルのごつい感じの棒だ。この棒に生地を巻きつけ、転がしながら延ばしていく。時々、生地を巻く角度を変えてやらないと、円形にならない。母は生地を棒に巻きつけ、転がし、角度を変えて巻き、転がす、このリズムと力の入れ具合を心得ているようで見事な円になる。

最後の蕎麦玉になった。

「ねえ、お母ちゃん、俺にやらせてくれよ」

弘志は蕎麦打ちを買って出た。

「いいよ、他所にやる蕎麦は終わったから。どんな蕎麦になっても自家用だからいい」

母はそう言って麺台をあけてくれた。弘志は腕まくりして蕎麦玉を手前に引きよせ、上から少しずつ力を加えて円盤状にして、手の平を押しつけながら生地の周囲を移動しながら大きな円にしていく。厚さ一センチくらいになったろうか。

「今度は棒で延ばしていくのよ」

母が声をかける。棒を生地の中心に置き、手で押しつけながら上に向かって転がす。

「ハイ、今度は生地を回して、そうね三十度くらい」

母の適切な指示に従って伸ばしていくと、まん丸までにはいかなかったが、一メートルくらいの円になった。

「初めてにしては上出来。弘志は素質がある。将来、お蕎麦屋さんになるかな」

さて、たたんだ生地を細く切る段になった。包丁が均等に動かず、太い、細い、まちまちで、

「いいよ、家族で食べるのだから」

と慰めてもらった。

夕飯の時、弟が、

「うわぁ、今日の蕎麦は太いぞ。こりゃあ、うどんだ」

と言ったものだから、

「佳子の作るうどんは、もっときれいです」

と妹から横やりが入った。

蕎麦の汁は人参、椎茸入り、出汁はコジュケイ、父親が裏山にしかけた罠でとったものだ。細竹を地面に刺して半円形に囲って、その中に蕎麦などの穀物を置く。開かれた前面には、餌を食べようと首を入れるとパチンとはさまる仕掛けをつくっておく。ただこれだけの罠で結構鳥がとれる。コジュケイはキジの雌くらいの大きさがあるから、結構出汁が出る。蕎麦の汁には乾燥しておいたアシナガ茸も入れた。

「こうして家族が健康で年が越せることはありがたい」

と父が言う。裕福ではないが不満ではない。蕎麦が美味しい。

これが我が家の御馳走だ。切り込みうどんもすいとんも、サツマイモや里芋入りのご飯も御馳走だ。いまうちで食べているものすべてが御馳走だ。弘志は心の底からそう思った。中でも、あの野兎の肉、あれは大御馳走だった。

（六）

「弘志、明日、俺の代わりに常一さんの家の建前の祝いに行ってくれ。今日から炭山へ行って三日ほど泊まりになる。窯に木が入ったから、今日から焚きつけだ」

父はそう言って朝早く山へ出かけて行った。常一さんの家は裕福な家で、長男の秀雄さんが半年後に結婚するので新居を造るのだという。家に使う木材は自分の山の木で一年前に製材して、乾燥してあったらしい。お金のある家は何事も計画通りに行く。我が家なんか出たとこ勝負。計画を立てても元手がないから仕方ない。お金が入ったら、その時必要な物を買う、そんな暮らし方だ。

「おめでとうございます。立派な家ですねえ」

弘志は母に教えられたとおりの挨拶をして祝儀袋を出した。中身は二千円、この辺りの相場だ。常一さんは家を建てる余裕を顔に浮かべてにこにこしながら、

「お前んち佳子がラジオに出たんだってな。すごいじゃあないか。なんでも上の沢にある大楠に棲むフクロウの作文だってな。あそこの山は横浜の野村さんの山だ。雑木を切って檜を植林するらしいが当然だよ。雑木なんて炭や薪にするしかないからな。その炭や薪も時代遅れになる。これからは石油の時代だ。炭を焼くのもあんたの家で最後になるかも知れん。

ほら、うちの柱を見てくれ。五寸角で節がない。うちの山の木だ。先祖が植えてくれた檜の山だよ。今日は女衆がこしらえた御馳走でも食べて帰ってくれ。弘志は未成年だから酒は勧められないが」

家はもう柱が立ち、たる木が打たれ、その上に屋根板を張っているところだった。弘志は梯子を上り屋根に出た。そして板張りに加わった。たる木に向かって釘を打ちつけて行く作業だった。とんとんと釘を打つのは気持ち良かった。板が打ち終わるとその上に瓦を止める桟を打つ。へえー、瓦葺きの家なんだ。うちはまだ萱屋根だ。

それも何年もふき変えていないのであちこち腐って萱が抜け落ちた所がある。そこには新しい萱を挿して繕ってある。まだら模様の屋根は雨漏りがする。

夕方四時、屋根仕事が終わり、屋根に幟を挙げ、細竹で作った弓を掲げた。丸餅がいっぱい入れられた木桶も上げられた。

屋根に上がったのは、施主の常一さん、息子の秀雄さんと棟梁の金三さんと、親戚の人二人。屋根の一番上には台が組まれ、小さな丸餅がいっぱい入れられた桶が二つ、幟と弓が立てられている。皆屋根を見上げて餅の飛んでくるのを心待ちにしている。建前の餅は縁起物だし、真っ白なもち米で作った餅は正月や節句に食べられるくらいで貴重な食物だ。建前があったら、少しくらい遠くても出掛けるという人もたくさんいる。

餅まき前の儀式。まず棟梁が御幣に向かって三拝して、呪文のようにもぞもぞ言葉を述べ、細竹で作った大弓を射る仕草をする。続いて東西南北、四方へ大餅を投げる。家の東側にいた弘志の目の前に餅が落ちて来た。ぱしっと受け止める。四方餅を拾うなんて幸運だ。いいことが起きる。自分にも家が建てられるとか。それはちょっと無理だな。

餅まきが始まった。ばらばらと小さな丸餅が降って来る。わあっと歓声が上がる。こっち、こっちと撒き手にねだる声もする。皆、酔ったように夢中で餅を拾う。手と手が、肩がぶつかる。手からこぼれた餅が奪われる。まるで戦いのような激しさだ。

やがて、餅がなくなり、桶の底に敷いてあった檜の葉が落ちて来た。ふうっと皆のため息が聞こえて一瞬、静かになる。そしてまたわいわい騒ぎ出す。どうだたくさん拾ったか。だめだめ、こっちには、ちっとも撒いてくれなかった。紙の袋が破けてしまって餅がなくなっちゃった。とか、口々に喋って興奮がおさまるのを待つ。

「さあ、さあ、お疲れ様。どうぞ席に座ってください」

常一さんの奥さんが、甲高い声で祝い客を宴席に誘う。席には集会所から運んで来た長テーブルがコの字形に置かれており、その上に御馳走がいっぱい並べられている。

鯖の煮漬け、野菜の煮物、大根と人参の酢の物、佃煮、きんぴら牛蒡、椎茸、かんぴょう、でんぶ、卵焼きがのった寿司、更に沢庵、白菜の漬物もある。村のハレの日に出る御馳走のほとんどがある。

「弘志、お前は飲めないから、どんどん食え」

隣の席のおじさんに勧められて、弘志は片っ端から料理に箸をつけていった。腹いっぱいになった。

宴は大工さん達が歌う木遣り歌が出て終わりになった。

「弘志君、ご苦労さん。もう、お父さんの代わりが出来るのね」

常一さんの奥さんが声をかけてくれ、経木に包んだ料理と引き出物を渡してくれた。暗くなった畑の道を帰りながら、弘志は、雑木の森より、檜の山の方がやっぱりいいのではないかなと思い始めた。ぼおっと考えながら歩いていると、道に捨てられた白菜に乗り、滑ってよろけた。途端、道脇にあった肥溜めに落ちそうになった。かろうじて足を踏ん張って転落を避けることが出来た。この御馳走を待っている妹弟達のためにも転ぶわけにはいかないと思った。

（七）

雨が降り、山仕事が休みになった。甘党の父は早速、好物のお汁粉作りにかかった。砂糖は母の実家が送ってくれた黒砂糖。自分の家で栽培したサトウキビで作ったものだという。檜を薄く剥いだ板で作ったメンパに詰めてある。

小豆を煮てそれに砂糖を加え、最後に小麦粉を水で練った団子を入れる。食べてまずくはないのだけれど、とにかく甘すぎる。他人が味付けしたりすると父は甘さが足りないと文句を言う。

「なんだ砂糖屋の前をジェット機で通り過ぎたのか」

などと訳の分からないことを言いながら砂糖を加える。まだお昼には大分間があるというのに父はお汁粉を食べ始めた。

「皆も食え、うまいぞ」

言われて弘志達も食べたが、相変わらず甘すぎるお汁粉だ。お椀にいっぱい食べたら胃がもたれて気持ちが悪くなった。しょっぱい漬物を食べたらようやく胃が落ちついてきた。

母は蕎麦を打っていた。弘志の六つ上で三島の八百屋さんに嫁に行った姉のところへ持っていく蕎麦だ。母はよく言う。

「うちでは蕎麦ぐらいしかやるものがない」

姉の嫁ぎ先では小売の店のほか、仲買いと卸もやっていて弘志の家よりずっと裕福だ。姉は中学校を出るとすぐ八百屋さんの住みこみ店員になった。学校では高校進学を奨めたが家の経済状態を見て、姉は自ら就職の道を選んだという。

八百屋さんで働く姉の仕事ぶりと人柄を見て、青果店の主人が気にいって是非、自分の嫁にと言ったらしい。嫁ぎ先の青果店には、姉の旦那さんとそのお母さん、そして旦那さんの弟三人、妹二人がいて弟達も妹達も皆未婚で家にいた。

「姑や大勢の小姑がいて大変だろう」

と、母は心配する。そのうえ小姑達は公務員や一流企業に勤めている人達だから、知識レベルも高く、中学出の姉は肩身が狭いだろうと母はまた心配する。

二年ぶりに里帰りした姉がとても元気で、青果店の皆によくしてもらっていることを話すと母も安心した。

姉の青果店に着いた時にはお昼をまわっていた。家族八人が食事を終えて話しこんでいた。めいめいが自分の主張を全面に出して論争しているらしく、姉もそれに加わっていた。弘志は、姉さんやめとけよ恥をかくだけだからと思ったが、姉は一向に気にかけず喋っている。義姉さんの説も正しいと、同調する人もいた。あっ、ここでは皆公平なんだなと弘志は感心した。

持ってきた蕎麦を姉に渡すと旦那さんの茂さんが、

「おう、弘志君、御馳走さん、ありがとうよ。お母さんによろしく言ってくれ。帰りには蜜柑と林檎を土産に持っていってくれ。あっ、お昼はまだだったかい。カレーを食べて行きな。姉さんの作ったカレーはうまいぞ」

と、姉を持ち上げてくれた。

カレーライスを食べるのは生まれてから数回しかなかった。うれしかったけれど、遠慮した方がいいような気がして、縮こまっていると、姉が言った。

「弘志、カレー好きでしょ。食べて行きなさい」

自分がこの家を取り仕切っているような自信にあふれた響きだった。良かった。姉はこの家で自分の居場所を持っている。弘志はうれしくなった。

姉のすすめでカレーを二杯食べた。大きい豚肉を呑みこんでしまうには惜しい気がしたがいつまでも口の中に入れておくわけにはいかなかった。

「家の皆は元気？　村は変わりない？」

弘志は近況を話した。炭焼き小屋に泊まったこと、ソリが扱えるようになったこと、佳子がラジオに出たことなど……。

「あっ、こんなことがあったよ。山が売りに出てね。知り合いの人が話を持って来たんだけど、うちにはそんなお金はないからと断った。いい話だったみたい」

「へえ、どこの山？　その話詳しく聞かせて」

姉は興味を持ったらしく身を乗り出してきたが、弘志には詳細を話すことは出来なかった。

一週間後の土曜日、姉が里帰りした。旦那さんがオート三輪で送って来てくれた。旦那さんは蜜柑と林檎の木箱を一個ずつ下ろして自分だけ帰って行った。姉は今日は泊まっていくのだそうだ。

「店が忙しいだろうに」

と、母は言いながらも元気そうな姉の顔を見てうれしそうだった。

夜になって父が帰ってきた。父は姉を見て顔をほころばせた。姉はいきなり聞いてきた。

「ねえ、お父ちゃん、山が売りに出ているんだって?」

「弘志から聞いたんだな。だけど、うちには縁のない話だ」

父はびっくりしたような様子で答えた。

「ねえ、私がお金を出すから買って。だから詳しい話を聞かせて。だって先祖伝来の山や畑を手放すなんてよほどのことがない限り出来ないことでしょう。うちが山持ちになれるいい機会だわ」

父の話によると山を売りに出した人は、弟の事業が立ちゆかなくなり、借金の穴埋めに山林と畑を売りに出した。だから値段も安いという。

「いい話だけれど他人の不幸に乗じるようで悪い気がする」

人のいい父は尻込みしていた。

「困っている人がいて、それを助けるんだからいいんじゃあないの」

母が言うと、続けて姉が力強く
「中学を出てすぐ八百屋さんに住みこみ奉公して五年間、必死で貯めたお金なの。ぱあっと使ってしまえばそれだけのこと。確かな使い方を探していたの」

翌日、父と姉と弘志は売りに出ている山林と畑を見に行った。それは上の村の外れから少し入った林道沿いにあった。登記簿には畑地が千五十坪、山林が二千二百五十坪と書いてある。

「この木は植林してから十五年くらいかな。枝打ちと間伐をしてやれば立派な檜林になる。畑は草を取って肥料を入れて耕せば、芋や小豆や陸稲など作れようになる。里から近いし、林道沿いだし、この広さなら安すぎるくらいだ。買うか」

父は乗り気になったらしく姉を見た。姉も同意して買う手続きをしてくれるように頼んだ。

その日の夕方、姉は、迎えに来てくれた旦那さんのオート三輪に乗って一旦、三島へ帰り、また翌日、戻って来て、お金を渡してまた帰って行った。

数日後、弘志は買ったばかりの檜林に行ってみた。手入れが不十分な林は薄暗く、太陽は木の天辺りで輝いていた。うちが山持ちになった。この木から我が家の柱材がとれるようになるには、あと四十年はかかる。その時、自分はどうなっているのだろう。想像してみたが分からなかった。

（八）

弘志の家の炭焼きは終わりに近づいていた。もう山の九割の雑木は伐採され炭に変わっていた。残るのはフクロウの棲み家になっている大楠の周りが残っているだけだった。父の話だと残りの木は炭窯五杯分だという。

「大楠だけにしてしまったらフクロウはどこかに行ってしまうだろう。せめて大楠の周り二十メートルくらいは残しておいてやりたい。あと一窯焼いたら木を切るのは止めるつもりだ」

弘志はこんな父の気持ちがうれしかった。妹の佳子に話すと彼女も大喜びだった。

「またゴロスケに会いに行きたい」

と言い出し土曜日の午後から山に出掛けて、弘志と一緒に小屋に泊まった。

翌朝、薄暗いうちから起き出し、フクロウが穴から出てくるのを待った。大楠の周りの雑木は帯状に残されているが、以前より明るくなり、太陽の光にさらされるようになった。また風当たりも強くなった。木を倒す音も迫ってくる。そんな中でフクロウは何を考えているのだろうか。弘志にはフクロウの悲鳴が聞こえてくるような気がした。

「あんなに木を伐られちゃったら棲みにくいだろうな。もう、どこかへ飛んで行っちゃったかな」

佳子が不安そうに言った。フクロウはなかなか姿を見せない。ついに朝日が昇り始めた。薄闇を取り去って日の光が山を照らす。

と、フクロウが穴から顔をだした。ぐるぐるっと頭を回転させて辺りを見回し、飛翔した。ばさばさと羽音が聞こえたような気がした。フクロウがサヨナラを言ったような気がした。

その日の午後、山番頭の三郎さんが男の人を連れて炭山へ上ってきた。洒落た服装のその人は横浜の野村さんという資産家で、この辺りの広大な山の持ち主だという。山番頭の三郎さんは野村さんから給料をもらって山の管理をしている。今日は雑木の伐採状態を見に来たという。

野村さんは、いつから檜の植林が始められるのかと三郎さんに聞いていた。三郎さんは山の木の残り具合いを見て、

「あと五窯分くらいだと思います。なあ啓介さん」

と、父に問いかけた。父は、

「あのー、あと一窯焼いたら終わりにしようかと思っているんですが。大楠の周り二十メートルくらい木を残しておきたいのですが、野村様、よろしいでしょうか？」

「えっ、何故ですか。それは困る。あの大楠にフクロウがいることは聞いていますが、でも駄目です。この辺一帯は檜の植林をするのです。大楠一本は残してやりますがね」

野村の旦那さんは強い口調で答えた。

「炭を焼けば金になるし旦那さんの言う通りにしたらどうかね。この山の木を安く払い下げていただいた恩もあるだろう」

三郎さんに言われて父は返す言葉がなかった。

（九）

炭焼きは続き、雑木林の伐採はフクロウの棲み家の大楠に近づいた。フクロウはあれきり姿を見せ

なくなった。大楠の周りの木は伐採され、下草の原が現れ、そこにぽつんと大楠が立っているのだった。

最後の窯に木が入り、今朝から焚きつけが始まっている。父は今日から三日続けて小屋泊まりになる。弘志も一日泊まって窯焚きの手伝いをしようと思った。

昼、炭山のあちこちに散らばっている小枝や木切れを集めてきて燃やした。見渡す限りに広がっていた雑木の森は姿を消して、風が吹き抜ける寒々とした禿げ山になっていた。ここ一帯で炭焼きをしていた人達はすでに山を下りて新しい仕事を探していた。まもなく檜の植林が始まるという。

「弘志が泊まるから今日は飯を炊いた」

と、父は言いながら五合炊きの釜の蓋を取った。マグロフレークと人参と椎茸の細切りが乗っている。父はしゃもじでご飯と具を混ぜ合わせ、弘志の茶碗に山盛りによそってくれた。

「いやあ、御馳走だ」

後は言葉を発せず、弘志はもくもくと食べた。気がつくと三杯目の終わりだった。

「たんと食え」

父はお代わりを促して手を差し出した。

「じゃあ、あと半分」

と、茶碗を差し出す。結局弘志が三杯半、父が二杯、釜の底には残りがいくらもなかった。

「ちょっと窯の火を見て来る」

と、父が言い小屋から出て行った。弘志は二人の茶碗を洗った。

外に出ると月が出ていた。父は窯の前に置いた木を輪切りにした椅子に座り煙草をふかしていた。

「弘志もここへきて座れ」

父は手招きして別の輪切りの椅子を窯の前に引きずってきた。

「こんなに美味いものがいたぞ」

「あっ、マッコムシ」

弘志は前にこの虫を焼いて食べたことがあった。薪割りをしていると木の中から出てくる。この辺りではマッコムシと言われているが、カミキリムシの幼虫だそうだ。焼くと香ばしくておいしい。焚き口から灰をかき出してマッコムシをのせる。小さな虫にはすぐ火が通り、ぷーんと香ばしい匂いが立って来た。噛むとほくほくした食感があり、ほのかな甘さがあった。

「来年は三年、高校受験だな」

「先生は工業の機械科を受けろって言うんだ」

「そうか、本当は進学校を受けさせてやりたいが、大学までやる余裕がない」

「いいんだよ。工業で。機械科は就職率百パーセントだと言うし」

「これからは工業の時代だから、就職には困らないと思うけど、弘志は機械が好きか？」

弘志は答えなかった。本当は大学へいき国語の先生になりたいんだと言いたかったが、言えなかった。

「昔な、お父さんは沼中、今の沼津東高を受けようとしたことがあった。電車に乗り遅れて試験に間に合わなかった。帰り道、これで良かったのだと思った。例え沼中へ入れてもうちの状態では大学へは進めないと思ったからだ。同級生で沼中へ入った重信君や久則君は大学へ行き、先生になり校長にもなった。二人は自分より成績は下だったけれど……。

まあ、こんなことを今更言ってもしょうがないが。さて、今のうちにちょっと眠っておくか。今夜は夜通し火を燃やし続けなければならないからな。弘志、火を見ていてくれ。火力が落ちないように絶やさず薪を入れてな」

父はそう言って炭小屋に入っていった。一人になって燃え盛る火と向き合った。まだ乾ききっていない木の株はじゅうじゅうと音を立てて水分を吐き出している。それが終わると観念したように炎を受け入れて燃え始める。

炭窯の煙突から黄色い煙が出て、夜空に上がって行く。夜が更けていくのに動物達の動く気配がしない。雑木の林を追われた者達はどこへ行ってしまったのだろう。フクロウの棲み家だった大楠は月の光の中に枝を広げて来客を待っているように見える。あの幹の穴に棲むものは現れるのだろうか。

完

佳作（小説）

白粉花《おしろいばな》

杉山《すぎやま》　早苗《さなえ》

「ばあちゃん、ハイ！」

遊びから帰ってきた五歳の孫が暗紅色の実を二つ、あさの手に載せてくれた。

どこからとってきたのか、この辺りでは見かけないヤマモモの実であった。

含むと口いっぱいに甘酸っぱい香りが広がった。

故郷の山にはヤマモモの木が多く、崖っぷちの畑を耕していた母は、

「えろう酸っぱいが……。それでも暑さがスーッとひくわのう」

と口をすぼめながら食べていたものである。

「あさ、きれいやのう」

母の指さす先には金粉を振り撒いたような尾鷲の海があった。

故郷を出てから四十年が過ぎた。秋がくると、あさは八十になる。

「尾鷲はええ所じゃ。帰《い》んでみたい……」独りごちたあさの眼から涙がこぼれた。

相賀村

あさは明治十年十一月、三重県の相賀《あいが》村に後藤三蔵、さよの二女として生まれた。

三歳年上の姉さと、三歳年下の妹まん、八歳年下の弟萬右衛門がいた。

父の三蔵は網元に雇われ、鰹船に乗っていた。漁船が大漁旗を掲げて帰ってくると、あちこちの路

地から子どもたちが桶や笊を抱えて転がり出てきた。そして港に走った。

あさもまんの手を引いて港に走った。二人の姿を見つけた父は「えらかったのう」と頭を撫でてくれ、笊から零れ落ちるほどの鰯を入れてくれた。

その晩、油が滴る鰯をあさの茶碗に載せてくれながら、

「おまんらのおかげで今夜はごちそうじゃ」と母が二人の頭を撫でてくれた。

「もっと大きいのくりょー」と、まんがいつものように大きな鰯をねだった。

「やかましやっちゃ！」父は苦笑しながら自分の鰯と取り替えてやった。

家族六人で囲む夕餉は楽しかった。

母のさよは船津川の本流である大河内川が流れる山里から海辺の村に嫁いできた。

百姓の出であった母は裏山を崩して小さな畑を作り、大根や南瓜を育て、四人の子どもたちも畑の隅に置かれた籠の中から、母の働く姿を見て大きくなった。

五つの頃からあさは母を手伝い、草取りをした。八歳下の弟が生まれると、弟をおぶって畑仕事をした。背中の子がぐずると、背伸びをして海を眺めた。海は光が飛び跳ね、黄金色に輝いていた。手前には銚子川と船津川を行きかう川舟や、材木を組んだ筏が浮かんでいるのが見えた。川面にも筏の上にも光は溢れていた。

「あさ、見てみい！　きれいな海や。ええなぁー」

並んで眺めていた母の指差す先に、尾鷲湾に突き出た深緑の島勝《しまかつ》半島が見え、遠方に群青色に霞む

熊野灘が広がっていた。真っ白な雲が浮かんでいた。

あさの背から弟を抱き取ると、母は木陰に座り乳をふくませた。あさは裏山にびっしり生っているヤマモモの実をとってきた。蕗の葉に包まれた実を摘まむと母は口をすぼめて「おお、酸っぱい、汗が引くようじゃ」と言い、も一つ摘まんで「熟れとるんはえろう甘いが」と笑った。そして照りつける太陽を仰ぐと「今日は暑うなるやろ。残りの仕事は明日にしようのう」とあさに声をかけた。

物腰の柔らかい母であった。あさの端正な顔立ちと穏やかな気性は母親譲りであったかもしれない。母も感じるところがあったのか、勝気な長女さとと、自分勝手な三女まんにはさまれ、何も言えないあさをいとおしみ、いつも気にかけてくれていた。

畑仕事の嫌いな姉のさとは十二歳になると、隣町の、尾鷲の酒屋に奉公に出た。

盆や正月に美しく着飾って戻ってきた姉は尾鷲の町の賑わいを自慢し「おまんはいくつになった？いつまで田舎におるつもりなんじゃ」と、あさを冷笑した。

姉に冷やかされても、あさはずっと母のそばにいたい、と思っていた。母が好きで、浜木綿の咲く海があり、藪椿が零れる山がある村はどこよりも美しいと思えたからである。

姉が盆にも正月にも帰ってこなくなって、五年が過ぎた。

ある日、時化が続き漁に出られない父が尾鷲の町に出かけていった。

「男ができたんやと。名古屋の男で在所には嬶ァも子どももおるんじゃと。さとはわしの言うことはいっこも聞かん。わりゃあー、いっぺん行て連れ戻して来い！」

帰ってくると、父は酒を呑んで母に当たり散らした。母は黙って俯いていた。

ところが一週間後、その姉が突然帰ってきた。

姉は麦踏みをしていたあさの前に立つと「おまん、尾鷲に来んか？」と唐突に言った。

訳が分からず、ぽかんとしているあさに、

「おまんももう十五じゃ。萬（弟の愛称）も七つになったわや。今更子守りでもあるまいに。わしと尾鷲で働けば、おっ母さんに小遣いやることもできるんや。よう考えてみぃ！」

姉は追いかぶせるように強い口調で言った。

母に小遣いをやることができる……その言葉があさを揺り動かした。

母を窺い見ると「さとも一緒だと、わしは安心じゃが……」と言い、微笑んでいた。

あさの心が決まると姉は「日のあるうちに馬越峠《まごせ》を越えるんやさか、早う仕度せいや」と急かし、その日のうちに二人は家をあとにした。

登り口から山道に入ると、すぐに江戸時代に造られたという石畳が現れた。苔むした石畳の道は、羊歯に覆われた檜林の中にずっと続いていた。ひんやりとした空気の中、石畳の道を登り詰めると、ようやく標高三百二十五メートルの馬越峠に着いた。フーフー言いながら登っていた姉は「ちょっと休もら」と峠茶屋の縁台に腰掛け、団子を食べ始めた。

あさは登ってきた林道を少し戻り、相賀村の見えるわき道に立った。正面に船津川が注ぎこむ白石湖が見え、尾鷲湾や熊野灘、遠く志摩半島までが一望できた。

この美しい海を母に見せてやりたい、と慌ただしい別れに涙ぐんでいた母を思った。

「あさ、何しとるんじゃ。日が暮れてしまうどー」姉が叫んでいた。

峠を下りきると石畳は終わり、馬越不動の滝に出た。さらに坂道を下り、墓地を過ぎると、目の前いっぱいに昏れかけた尾鷲の海が広がっていった。

尾鷲町

酒屋は北川橋を渡った尾鷲町の中井浦にあった。中井浦は西国三十三ヶ所観音霊場の一番札所である青岸渡寺を目指す巡礼や、伊勢方面からの商人が通う熊野街道沿いに米屋、酒屋、砂糖問屋、油屋などの商家が立ち並ぶ賑やかな町であった。

姉は店の内儀にあさを引き合わせると、その日のうちに出奔した。

「名古屋の男と逃げたんや」

「だらしのない男じゃったがのう」と女中たちは噂した。

あさは聞こえないふりをしたが、母がこのことを知ったら悲しむであろうと思った。

酒屋には女中が四人いた。五十を過ぎた辰は奥の仕事をし、みつは店の掃除や店番をした。辰もみつも通いで、住み込みは二十歳のぬいとあさの二人だけであった。あさの母と同じ上里村の生まれである穏やかなぬいとはすぐに仲良くなった。

ぬいは出奔したさとの代わりに店員や家族の食事の支度を任されるようになったが、なかなかの賄い上手であった。行商の女から安い魚を大量に仕入れると、余った魚は干物や甘辛く煮付けて佃煮にした。あさは洗濯や掃除を済ませると、ぬいの賄い仕事を手伝った。

八月に入ると、あさは在所に帰れる盆休みを指折り数えて待ちわびていた。

朝から陽がぎらぎら照り付ける庭で、あさはぬいといっしょに塩水に浸けた鯵をスノコに広げていた。こんな日は一時間も干すと、干物が出来上がり、夕飯のおかずになった。

干物を取り込んで笊に並べていると、内儀が来て「あさ、里に中元を届けるんじゃがいっしょに行てくれんか。荷物を持ってほしいが……」と弾んだ声で言った。

内儀の里のある南浦は五十石積以上の船が何艘も停泊している港に面し、大きな商家が立ち並ぶ尾鷲町の中心地であった。

尾鷲の街のどこからも見える天狗《てんぐ》倉山が大きく目の前に立っていた。

「あさ、あの山の向こうが相賀村じゃ。真ん中に大きな岩が見えるじゃろ。あの下に岩屋堂があって観音様が祀られておるんじゃ。子どもの頃、よう登ったもんじゃ」

内儀は天狗倉山の上り口を指差して教えてくれた。

実家に中元を届けた帰り、内儀は通りの小間物屋に立ち寄り「あさにええもん買うてやろ」と桃色珊瑚の簪を買ってくれた。嬉しかった。生まれて初めて身につけた華やかな簪を日に何度も何度も手に載せて眺めていた。

盆休みで在所に戻ったあさの髪に挿された簪を見た母は「きれいやね。あさによう似合うとるが。ありがたいこっちゃ」と言い、尾鷲の町の方角に向かって手を合わせた。

尾鷲は雨の多い所であった。空が翳るとたちまち大粒の雨が落ちてくるので、梅雨時など、あさは一日に何度も洗濯物を取り込んだり外に広げたりしたものである。

その日、ザアザア降りしきる雨は止みそうになかった。仕方なくあさは籠いっぱいの洗濯物を土間の片隅に広げようと縄を張った。縄に洗濯物を掛けていると、誰かが慌ただしく土間に入ってきた。

「うっ！」と苦しげな声があがり、何度も咳き込む気配がした。

振り返ると流しの脇に内儀が蹲っていた。足元の土間に大量の血が広がり、咳き込む度に内儀の指の間から血が滴り落ちていた。

胸を病んだ内儀は在所で療養することになり、生まれたばかりの赤子は知り合いの大工の妻に預けられた。在所に発つ朝、赤子を抱くこともできず、赤子を背負って門前で見送る大工の妻に泣きながら手を合わせていた内儀は不憫であった。

あさは時折、到来物を届けに内儀の里に行った。実家は南浦の港で手広く廻船問屋を営んでおり、漁業や林業経営者の大きな屋敷が並んでいる一等地に住居を構えていた。

「妙は這い這いするようになったがや。大きくなったんやろね」

「房吉は喜んで学校に行っとるんか？」

「花や夏は淋しがっとらんかのう」

内儀は四人の子どもの様子をくり返し尋ね、なかなかあさを離そうとはしなかった。今日も出がけに、みつから「あの病はうつるさか恐ろしよ。早う帰らんとね」と注意されていた。あさは袂に縋りつく内儀の手を振り払って病室を出た。切なかった。

帰り道、あさは石積みの防波堤に座って泣いた。ぼんやりと顔をあげると真っ青な海が歪んで見えた。辛い仕事だ、と思った。

あさが二十四になった晩秋、内儀が亡くなった。

乳離れしてから、あさが育ててきた末子の妙は四歳になっていた。

「おまんがおってくれたさか妙がここまで大きゅうなれた。わしはおまんに感謝しとる」葬儀が済んでから、酒屋の主人である内野房太郎が頭を下げた。

内儀の死から半年がたち、北川べりに桜が咲く頃、あさは酒屋の主人と結婚した。

妙だけは慕ってくれたが、店を継いだ十八歳の長男や二人の娘たちは母として認めようとはせず使用人として接していた。

一年後の春、あさは女の子を生んだ。志津と名付けられた孫のような子を夫は溺愛した。その溺愛ぶりが一層兄や姉の反発を呼び、志津は、いつも異母兄弟の叱声に怯え、あさの割烹着の端を摑んで片時も離れようとはしない子であった。

酒屋の店先には縁台が置かれ、廻船宿の宿泊客や漁にあぶれた男たちが昼間から呑んでいた。夕方になると、山仕事を終えた男たちが加わり、あさは店先と台所を慌ただしく駆けずり回った。割烹着に摑まったままの志津もいっしょにクルクルと動き回っていた。

銚子川上流の山奥で木馬《きんま》引きをしていた吉脇宇三郎も酒屋の常連の一人であった。彼は仕事が終わるとやってきて、一合の升酒を一人でゆるりと呑んでいた。

「しいちゃん、こっちゃ来う」と手招きし、腹巻からアケビの実や栗を出してくれた。

この若い男に志津はなついた。いつのまにか志津は割烹着の裾から離れ、縁台にちょこんと座って宇三郎の訪れを待つようになっていた。彼の姿を見つけると走り寄って腹巻を探り歓声をあげた。酒を呑む男の膝に志津は抱かれていた。

二年後の冬、宇三郎がぴたっと姿を見せなくなった。「しいちゃん、あいつはもう来んよ。古座に帰んでしもうたさか」と山仲間が言った。それでも志津は待ち続けた。

あさが四十になった冬、房太郎が死んだ。尾鷲では珍しく霜柱の立つ寒い朝であった。何の病か店先で倒れ、座敷に運び込まれた時は亡くなっていた。

夫亡き家に二人の居場所はなかった。

あさは十四になっていた志津を連れて在所に戻った。父は十年以上も前に亡くなり、七十近い母の髪は真っ白になり、背は丸く屈んでいた。弟の萬右衛門は母の在所から嫁を貰い、二人の娘があった。母は黙って迎えてくれたが、代替わりした生家も居心地の良いものではなかった。一月後、志津が引本湾にある廻船宿に女中奉公に出た。あさも飯炊きとして、番屋に住み込んだ。母が安堵の表情を浮かべていた。

ぎらぎらと夏の陽に照らされていた海が昏れ、浜木綿の花が闇に白く浮かびあがった。

ゴミを捨てに出たあさは、波打ち際を歩いてくる男女の賑やかな話し声を耳にした。

「母さーん、兄やんにこれ買うてもろたん。尾鷲の町で兄やんに会うたんやでー」

真っ赤な櫛をひらひらさせて、志津が走ってきた。

「えろう別嬪さんになってしもうてわからんかったや」

志津の傍らに立つ男は吉脇宇三郎であった。

「兄やん」と幼い志津が慕い膝に抱かれていた若者は、男盛りの精悍な男になっていた。

その夜、訪ねてきた宇三郎は二人きりになると、

「あの頃、お内儀さんのことが好きになってしもうてどにもならんさか、黙って生まれ在所の古座に帰んだがや」と思いつめたように言った。あさは男の告白にうろたえた。

やがて恋仲になったあさと宇三郎の噂が、尾びれをつけて村中を飛び交った。

「萬のとこの後家さんはなかなかのやり手じゃのう」

「岩場で男と乳繰り合うていたんじゃと。それもえろう若い男じゃと」

番屋にいられなくなったあさが生家に戻ると、弟が言い放った。

「姉やん、もうここにはおれんじゃろう。どことなり行くがええわい！」

母は座り込んだまま、膝の上にポタポタと涙を落としていた。

夜明け前、あさと志津は馬越峠に向かった。

「大けな隧道工事が始まったと、山仲間が言うとった。しいちゃん連れて静岡に行こら」と告げた宇三郎とは尾鷲の港で落ち合うことになっていた。

峠の上り口まで送ってきた母は、

「志津、おまんは行たらあかん。おまんはここにおったらええんじゃ」

握り飯を渡しながら、何度も何度も言った。志津はただ黙って笑っていた。

見知らぬ土地への不安も大きく、あさは何度も振り返って、林道から故郷の村を眺めた。

朝靄の中に、銚子川と船津川がゆったりと流れる村があった。海は早春の陽にゆらゆらと揺らめいていた。母はもう家に戻ったであろうか、と思った。

峠から天狗倉山に通じる急斜面の道があった。天狗倉山は尾鷲の町のどこからも見えた懐かしい山である。二人は寄り道をし、天狗倉山の頂上に向かうことにした。

山頂に立つと、尾鷲の街と海がぱーっと広がった。雀島や弁財島までくっきりと見えた。

「志津、よう見ときなあれよ。おまんが生まれた町じゃ。もう見れんかもしれん……」

中腹に大きな岩屋堂があり、観音石像や不動明王が祀られていた。観音像の前で長い間祈り続けるあさに「母さん、早う行こら。兄やんが待っとるさかか」と志津が声をかけた。

函南村

大正八年三月八日、赤いマストの大坂商船で三人は尾鷲港を出立した。艀に乗り込む時、烏賊の群れが泳いでいるのが見えた。じっと見つめている志津に、「志津、おまんが生まれた海じゃ、きれいなもんやのう。静岡に行たら山ん中で暮らすんやさか海は見られん。忘れんようによう見とくがええ」宇三郎が優しく声をかけた。

船は鳥羽や津の港を廻り、翌朝熱田の港に着いた。

名古屋で東海道線に乗り換えた。三人とも機関車に乗るのは初めてであった。

「わしゃ、山ん中から新宮と勝浦を走る機関車を見たことがあるが、こがい大けなもんとは思わんかったわ」と宇三郎が驚いたように言った。

汽笛が鳴ると志津は目を丸くし、黒い煙を吐きながら機関車が走り出すと、窓の外を目を凝らして見続けていた。

二日がかりで到着した三島駅の歩廊からは雪を冠った富士山が見えた。強い西風が吹きまくる歩廊で、あさは何回も立ち竦んだ。えろう寒い所じゃ、とあさは思った。

駿豆鉄道に乗り換えて、三十分ほどで大場《だいば》駅に着いた。駅前では馬車引きが煙草を燻らしながら客待ちをしていた。目の前に、食べ物屋があった。「中華亭というんじゃ。奥に見える石造りの建物は御厨銀行と書かれておるが……」と宇三郎が教えてくれた。宿屋も大場座という劇場もあり、左手に鉄道官舎の並びが見えた。

「見てみい！　大けな工事というんは本当じゃった。見てみい！　あのレンガを！」

と宇三郎が驚きの声をあげた。駅から何本もの引込線が敷かれた資材置き場には、山のようにレンガが積まれていた。また貯水池には夥しい数の坑木が浮かんでいた。

これらの資材は軽便鉄道で工事現場のある函南村大竹まで運ばれていたのである。

あさたちは軽便鉄道の後ろに付けられた一両だけの客車に乗り込んだ。小さな機関車はもくもくと煙を吐きながら田圃の中を走った。稲叢の立つ田圃がどこまでも広がっていた。来光川《らいこう》を渡ると、低い山の稜線越しに雪を冠った富士が小さく見えた。

十五分ほどで、機関車は真梨《まなし》の洞と呼ばれている工事現場に到着した。野バラが生い茂る荒地に一、二軒の農家と、工事を見込んで他所から移ってきた床屋と豆腐屋、雑貨屋が点在するだけの辺鄙な所であった。川が近いのか滾々《こんこん》と流れる水音が響いていた。

薄茶色の枯れ山に囲まれて建つ飯場を目にした時、あさはいっぺんに気持ちが萎えてしまった。振り返ると、宇三郎は風に靡く葦原の向こうに見える坑口を呆然と見つめていた。

志津も強い西風に吹かれて、ただぼんやりと立ちすくんでいた。

「なあに、工事は始まったばかりじゃ。今に賑やかになろうて」

自らを奮い立たせるように宇三郎が口を開かなければ、あさも志津も失望から立ち上がることができなかった。

トンネル工事は東口（熱海口）が大正七年の四月、西口（函南口）が同年八月に開始されたばかりであった。熱海は鉄道株式会社が、函南は鹿島組が工事請負人となり、その下に幾人かの請負業者がいた。彼らは工夫集めに躍起になっていた。当時は第一次世界大戦の好景気時代で、仕事はいくらでもあったのでトンネル工事のような危険な仕事にはなかなか人が集まらなかったという。

宇三郎は井沢組に雇われ、翌日からツルハシを手にカンテラを下げて坑内に潜った。まだ電気が通っておらず、掘り出したズリは牛に牽かせたトロッコで運び出していた。

志津は毎朝、長屋の若い女房や娘たちに混じって、レンガ巻きの仕事を求めて事務所前に並んだ。坑内へ入ることを厭う近隣の村人たちも行列に加わっていたので、毎日仕事にありつけるわけではなかった。今日はここまで……とあぶれてしまうことも多かった。

「トンネルはおなごの仕事ではないわ」と宇三郎は不機嫌な顔をしたが、志津には八十銭の日当が魅力であったようだ。

あさだけが一人取り残され、長屋に閉じこもったまま鬱々とした日々を過ごしていた。

一ヵ月が過ぎ、たまりかねたあさは晩酌中の宇三郎に訊いた。

「おまんはずっとここにおるつもりか？」

彼は怪訝な事を訊くと、あさを一瞥し、

「おうよ。外にどこ行くんじゃ。わしゃ、この仕事が好きなんや。おまんがここにおるのが嫌ならどことなり行たらええわ。まだ籍は入っとらんし……」

と言い放ち、鼾をかいて寝てしまった。

無性に淋しかった。どことなり行たらええ、と言い放った彼の真意を測りかね、うかうかとこんな所まで就いてきてしまった自分の愚かさを思った。

悶々と眠れぬまま、夜が明けた。

飯場の朝は早い。三の番に出た男たちが帰宅した声がした。共同炊事場ではすでに朝飯の支度が始まっていた。あさは竈に火をおこして飯を炊き、七輪に味噌汁の鍋をかけた。

弁当を作り、味噌汁の葱を刻むと、宇三郎を起こした。

彼は何事もなかったように朝飯を食べ、出がけに山を見上げて言った。

「今日は山が笑うとるわな。えろう静かじゃ。仕事が捗るやろ」

山が笑うじゃとおかしなことを言うて、とあさも和やかな気持ちになり笑顔で送り出した。弁当を提げた左手をひょいと挙げ、宇三郎は山に向かって行った。

白粉花

土間を吹き抜ける風が爽やかになった。

女たちが袷を脱ぎ捨て、単衣姿で炊事場を身軽に動き回る季節がやってきた。

あさもそのままになっていた風呂敷包みを解いた。単衣を取り出すと、袂から黒い種がポロリと転がり落ちた。白粉花の種であった。

……紅色の花は在所の井戸端にたくさん咲いていた。幼い日、べっぴんさんになれるんように、と母が種を潰して白い粉を鼻筋に塗ってくれたことがあった……。

一粒の種が故郷をつないでくれるような気がして、あさは種を長屋の入り口に蒔いた。

祈るような思いで蒔いた種は、十日後、小さな芽を出した。

梅雨が過ぎ、山々の頂に真っ青な空が広がり、入道雲が湧きあがった。

白粉花は幾重にも分かれた枝にたくさんの蕾をつけた。

ようやくここでの生活にも慣れたあさは宇三郎や志津を送り出すと、井戸端に盥を持ち出した。井戸端では早朝から女たちが陽気な笑い声をあげていた。

近隣の村の女たちが西瓜や真桑瓜を売りに来ると、笑い声は一段と高くなった。

女たちとあっけらかんと交わす会話は面白かった。

ある朝、笑い転げる女たちのもとに、親方があたふたと駆けてきた。

「やつらが仕事に来んが、誰ぞ知らんか？　おととい富山から連れてきたやつらだ」

「逃げたと違うんか？　荷物は残っとるんか？」

「昨日はここを通ったが……今日は見とらんなあ」

女たちのざわめきを背に、親方は足早に現場に戻っていった。

月に二十日以上働いた者に福引券を与え、懸賞を出したりと親方たちは人夫の流出を防ぐのに四苦八苦していた。だが、坑内に入ることを嫌がり、夜逃げする男たちはあとをたたなかった。借金を残したまま逃げ去る者も多かった。

夕方、宇三郎の帰りを長屋の入り口で待っていると、足元に白粉花がひとつ開いているのに気付いた。初めてこの地で咲いた紅色の花を見て、無性に故郷が恋しく思われた。

逃げて戻れる故郷がある富山の男たちが羨ましかった。

故郷を追われた者はここにいるしかない。黙々と坑内に潜るしかない、と思うと惨めであった。危険な仕事場で生きてゆく……明日をも知れぬ生活への不安が大きく胸を塞いだ。

だからこそ、自分はここに一粒の種を蒔いたのかもしれない。花が咲き、種が零れ、また来年この花に出会うまでの日々がどうぞ無事でありますように……あさは祈るような思いで、花を見つめていた。

一晩中、風が唸り声を上げ、木の葉がぱらぱらと散りしきる音がしていた。

夜が明けるとともに風はぴたりとやみ、すっきりとした青空が広がっていった。

あさは隣に越してきたもよを誘って、裏山に薪拾いに出かけた。

山の頂からは田方平野の広がりが望めた。稲刈りの済んだ田圃の真ん中を来光川がゆるゆると流れ、かなたには小さな手鏡のように駿河湾が輝いて見えた。

「なーんと広い田圃じゃろう。わしが生まれたんは海と山に押し潰された狭い村じゃった。村の衆は海にでて行くか、他所に流れて行くしかなかったんや」

「うちらのおった仰木の村も比良の山が迫る小さな村でのう。狭い田圃が段々になって天まで続いておった。てっぺんの田圃からは青い琵琶湖が見え、美っついもんだった。でも小さな田圃と大工仕事では食うていけんでのう。日銭がほしくてここに来たんよ」

「流れ者同士じゃねえ。仲良うしてや」

同じ年恰好のもよと知り合ってから、あさは飯場暮らしが楽しくなった。

一方で、宇三郎は「ご亭主は五十を越えておるかもしれん。トンネル仕事はきつかろうに……。いつまでもつんかのう」と、もよの夫の源太郎のことを心配していた。

山々が時雨に煙る頃、坑内に水が湧き始めた。工夫たちは茅蓑を着けて坑内に潜った。

十二月の公休日、宇三郎は仲間と近所の農家に庭先の棕櫚《しゅろ》の葉を貰いに出かけた。

枯れ草の上に何日間か葉を広げて干し、棕櫚蓑を編んだ。

「重いじゃろうに」とあさが心配すると、

「尾鷲におった頃は山仕事にこれ着とったんじゃ。こん方が濡れんでええんよ」と笑った。

後日、カンテラの火が茅蓑に燃え移り、一人の工夫が大火傷を負う事故が起きてから、棕櫚蓑は脚光を浴び、ゴム引きの合羽が出回るまで工夫たちに愛用され続けた。

大正九年一月一日、函南村に来て初めての正月を迎えた。

大根と里芋の雑煮を作り、塩鮭を焼いて正月を祝った。

臙脂色の着物に濃紺の帯を締めた志津から白粉が匂い立った。

「えろう別嬪さんになったわな」ほろ酔い加減の宇三郎が目を細めて言った。

去年の秋、熱海港でレンガの陸上げ作業をしていた女人夫がトロッコに挟まれて大怪我をする事故が起きた。宇三郎はすぐにレンガ巻きの仕事を辞めさせ、大場駅前に志津の働き口を探してきた。料理屋で働き始めてから、志津は美しい娘になった。

「しいちゃんは韮中生の憧れだと……。マドンナとか言われておったよ」

軽便鉄道に乗り合わせたもよが教えてくれたこともある。

昼間からの酒に酔いしれた宇三郎は千鳥足で外に出ると、昏れてゆく山を眺めていた。

「山はええなあ。ダイナマイトも今日は休みやさか山もホッとしとるじゃろ。尾鷲におった頃もわしは山が好きじゃったが、今はもっと好きじゃ。山に潜っとると、なーんも考えんでええ。煩わしいことなど吹っ飛んでしまうんや。ポタポタと泣きながらも山はわしを守ってくれとるわ」と傍らで支えているあさに言った。

東口事故

大正十年、函南村に来て三度目の春が巡ってきた。

三月の終わり、宇三郎は上機嫌で帰宅すると「削岩夫から号令に昇格した」と告げた。

「明日は公休日じゃさか三島の町に行こら。あさにええもん買うてやる。志津にもな」

晩酌の盃をあさに手渡し、注いでくれながら言った。

翌朝、早く目覚めたあさは宇三郎や志津を起こさないようにそっと外に出た。薄紫色の神々しい空であった。ほのぼのと夜が明け初め、玄岳《くろたけ》の頂から陽が昇ろうとしていた。

おまんによう似合う、と宇三郎が尾鷲の町で買ってくれた濃い紫の着物に手を通し、薄鼠色の帯を締めた。白粉をはたいて、紅をさすといっぺんに晴れやかな気持ちになった。

二人は大場の料理屋に働きに行く志津と連れ立って軽便鉄道に乗り込んだ。

青紫に霞む山肌をほころび始めた桜が白く彩り、来光川の堤防には芥子菜が黄色い帯模様を描いていた。車窓から見える何もかもが美しく見え、心地よい風が通り過ぎた。

三島はかつて東海道の宿場町として栄えた緑深い町である。富士の雪解水が滾々と湧き出で、溢れ出た水が道を濡らしていた。深い杜に囲まれた三島大社は桜が満開であった。

境内には露店が並び、花見客でごったがえしていた。

「今日みたいにあさが笑うておってくれるんが、わしはいっとう嬉しいんよ」

茶店で甘酒を飲んでいるあさを見つめて、宇三郎が照れくさそうに言った。

街道筋の呉服屋で藍色の帯締めを選び、志津には桜の花が刺繍された半襟を求めた。街道を宇三郎とそぞろ歩く自分を誇らしく感じ、函南に来て良かったと思える一日であった。

その日の夕方、軽便鉄道から降りた二人を見つけ、井戸端の女たちが走り寄って来た。

「えらいことになっとる。事故がおきたと大騒ぎしとるが……」

「ちょっと前に、熱海の方で土砂崩れがあったんやと」

「生き埋めになった者がおると言うとったが……」

喋り立てる女たちの話を遮り、宇三郎は慌てて事務所に走って行った。

大正十年四月一日午後四時二十分、熱海口から三百十七メートル入った地点が崩壊し、トンネル工事始まって以来の大事故が起きた。崩壊箇所は七十メートルにも及び、内壁をレンガで巻いていた十六人が土砂に埋没して死亡。その奥でズリの搬出や下水工事、レンガ積み作業の準備に追われていた十七人が坑内に閉じ込められてしまったのである。

その夜のうちに、宇三郎は手下の者を率いて十国峠を越え、熱海口の救援に出かけた。

大竹飯場の女たちは井戸端に集まっては、連日おなじことをしゃべりまくっていた。

「まだ見つからんのかねえ、もう生きてはおるまい」

「熱海の方が地盤が軟らかいと違うんか？」

「わしは熱海の町に住んで見たかったが、おやじの言う通り函南に来て良かったわよ」

女たちの口調には対岸の火事で良かった、という思いがありありと込められていた。

坑道の入り口と奥が大量の土砂で塞がれ、救出作業は困難を極め、事故から一週間が過ぎても、救援に出かけた男たちは戻らなかった。

昨夜からの雨が降り続く肌寒い日であった。囲炉裏の前で、一人坑内着を繕っていると、

「山はおすがいもんじゃ。わしの命もいつ攫《さら》われるかわからん。恐ろしもんじゃ」

救援に向かう晩に宇三郎が、ふと洩らした言葉がしきりに思い出された。

「わしは好きな山に潜っとるんでええが、わしの体がダイナマイトでこっぱ微塵に砕かれる日がきたらおまんと志津はどうなるんじゃろ？　それ思うと酒でも呑まんとやっとられん」と晩酌を重ねながら言っていた夜もあった。

今度の事故は決して他人事ではないのだ。もし、自分の身に起こったことであったら……と考え、あさは暗澹たる思いにうちのめされてしまった。

八日の深夜、ようやく坑道が貫通し、閉じ込められていた十七人が無事に救出された。

宇三郎は九日の夜に帰宅した。その夜の彼は晩酌を進めながら、ひどく多弁であった。

「一人も生きてはおらんじゃろ、と思てたさか、真っ暗な坑道から男が這い出てきた時は腰が抜けるほどたまげたわよ。そのうちぞろぞろと男らが出てきたんじゃ。救助の男らと抱き合うて泣いておったんじゃ。それ見てわしらも涙が止まらんかったわ」

彼は子どものように拳で涙を拭いながら泣いていた。

酔いが回ると、彼は更に饒舌になった。

「カンテラの周りにみんなで集まり、軍歌を唄うたり、故郷のことを喋ったりして、励まし合うていたんじゃと。腹が減ったら草履を水に浸して噛んでおったんじゃと。さすが山と闘うてる男たちじゃ。ちっとやそっとのことではくたばらんよ」

「くたばらんわい」と繰り返す彼に、あさは内に潜む死への恐怖を感じとっていた。

崩壊場所の真下にいて圧死した十六人の遺体が全部収容されたのは、事故から二ヵ月後の六月中旬であった。殉職者の中に、男らと共に坑内に潜り、レンガを洗ったり、コンクリートの固まりを掻き落とす仕事をしていた若い女性が二人いたという。

七月、大竹口に火力発電所が完成した。高さ五十三メートルの発電所の煙突は工事現場の生活を一変させた。ツルハシから削岩機に、カンテラから電気照明にと、電気を使用した技術改良がなされた。

「楽になったがわしはツルハシの方がええんよ。むやみにバリバリ削ってゆくと、山が哭き声をあげとる気がして、削岩機をほかしたくなるわ」

苦笑する宇三郎の背後に、今にも降り出しそうな雨雲が広がっていった。

夕闇が迫る頃、風に揺れる白粉花の向こうに橙色の光が洩れていた。発電所は長屋の生活もランプから十五燭の電燈に変えた。「おかずが丸見えになったがな。もっとご馳走作らんといかん」と女たちが嬉しそうに笑っていた。

心中

年末から寒波が押し寄せ、小雪の舞う中で大正十一年の正月を迎えた。二月、三月と気温が低い状態が続き、降り積もった雪がコチコチに凍りついた。冷たい風が容赦なく肌を刺し、夜は手拭いで頬かむりしたまま眠りについた。

ようやく春が巡ってきたのは四月も終わる頃であった。辛夷やマンサクの花が咲き、桜もほころび始めた。いっぺんに春の色に装われた山々は息を呑むほど美しかった。

山桜の白い花をヴェールのように纏った美しい山の奥から、連日ダイナマイトの音がドカンドカンと響いていた。ダイナマイトの音が苦手なあさは、耳を塞ぎながら山を眺めた。

熱海口の事故から一年が過ぎた。事故以来、宇三郎の酒量が増え、大場の町まで飲みに出かけることが多くなった。また、底知れぬ鬼気が周囲に迫りくるのか、何かに脅えているような気配が見受けられるようにもなった。

彼は絶えず苛立っていた。この間は出がけに口笛を吹いた手下の工夫を「喧《やかま》し！　口笛をやめんか。山の神さんを怒らしてはならんのじゃ！」と執拗に殴りつけていた。

「スズメバチが炊事場の煙り出しの穴から入ってきたんじゃよ。大騒ぎになったが……」

と何気なく言ったあさが、いきなり殴りつけられたこともある。

「穴という言葉をわしの前で使うな！　穴に埋められるんは嫌じゃ！」と彼は怒鳴った。

あさは腫れ物にさわるように接した。ビクビクした日々が続いたが、毎日明るく送り出すように心がけ、食べる物に心を配った。近所の農家から卵を分けてもらい、鶏を絞めた日は肉を包んでもらった。沼津から魚屋が行商に来る日は、鯵や鮪を多く買い、干物や佃煮を作った。干物や佃煮は長屋の女房たちにも重宝がられ、あさの小遣い稼ぎにもなった。

新緑の頃、宇三郎は「こいつがおまんの佃煮を食うてみたいというとるが……」と手下の削岩夫の秋本薫を連れてきた。あさの用意した鮪の甘辛煮で一杯飲みながら、

「お前は山をよう知っとるわ。たいした男じゃ。発破を掛けさせたらピカいちじゃのう」

声高に、九州の炭鉱から流れてきたという薫の勘のよさと度胸を褒め称えた。

薫相手の晩酌は連日のように続き、非番の日は二人で朝から呑んでいた。

五月の終わり、宇三郎は志津を外に連れ出し「あさもわしも志津がずっとそばにおってくれると嬉しいんじゃが……」と薫との縁談を切り出した。

「志津、嫌なんか？　えろう顔色が悪いが……」とあさが声をかけると、

「若葉が顔に映っとるだけじゃよ。母さん、心配せんでええわよ」

志津は何も言わずにこの縁談を受け入れた。


九月十六日の夜、志津は薫と祝言を挙げ、二十四歳と十九歳の若い夫婦が誕生した。

隣に住む松本源太郎もよ夫婦と親方の井沢京助を招き、鯛の塩焼きと野菜の煮しめで祝膳を囲んだ。宴が果て、若夫婦は新居となる薫の長屋に帰っていった。

居残った男たちは飲み続け、あさはもよに手伝ってもらい皿小鉢を炊事場に運んだ。

祝言は済んだが安堵感はなく、これでよかったのだろうか、との蟠りが残っていた。

磨き砂をつけたタワシを持ったままぼんやりしているあさに、

「しいちゃんが嫁にいてしもうて寂しいのう。それでも近くにおるんやから、おっ母さまは幸せと思わんといかんよ」と、もよが声をかけた。

祭り太鼓が遠く聞こえていた。開け放した格子戸から、白粉花の香りが漂ってきた。

あさは前掛けで手を拭きながら、外に出た。

「吉脇のおっ母さま、白い白粉花はいらんかね？　引っこ抜いてきただで……」と農家の主婦が持ってきてくれた白花も交じり、今年は紅白の花が風に揺れていた。

あさは花の中に佇み、志津は幸せになれるんやろか、と花に問いかけてみた。

花はゆらゆらと揺れ続け、やがて黒ずんだ闇に溶けていった。

夜の静寂を突然、大音響が突き破った。

「何が起こったんや！」

男たちが飛び出てきた。

闇の中に、火薬の強い匂いがした。

「どうしたんじゃ！」

宇三郎の声に、長屋を取り囲んでいた人垣がどよめき、薫の部屋を指さした。

部屋の前に立つと、生臭い血の匂いが、うっと鼻をついた。

「志津！」と呼びかけた宇三郎は声を呑んだ。へたへたとよろけた彼は、上がり框に手をつき、おずおずと顔をもたげた。部屋いっぱいにロープが張られていた。

そのロープにぶら下がっていた洗濯物の上に志津の頭がひっ掛かっていた。

薫の頭は天井近くの梁まで飛んで、血が滴り落ちていた。

白足袋を履いたままの臑が囲炉裏の脇に転がっていた。上がり端には腸の飛び出た胴体がゴロンと転がり、夥しい血が四方八方に飛び散っていた。

目を凝らすと、肉片がへばりついた黒い布がたくさん血の海に浮かんでいた。

宇三郎は澱んだ血と脂の匂いに嘔吐した。気が遠くなりそうであった。

彼の背後ですべてを見据えていたあさは、意識が薄れてその場に昏倒した。

ダイナマイト心中の現場は、鉄道医も目を背けるほど、むごたらしいものであった。

やがて、凄惨な状況を遠回りに見ていた男たちの中から、一人二人と散乱した肉塊を拾い集めてくれる者が出てきた。蒸し暑い夜気の中、男たちは血と脂にまみれながら、筵の上に集めた肉魂を二つの体の形に並べてくれた。あさは背負われながら「えろう迷惑掛けてすまんことじゃ」と礼を言う宇三郎の声を遠く聞いた。

気を失っていたあさは、志津がどのように葬られたかを知らない。

気付いた時には、二つの位牌が蜜柑箱の上に置かれていた。布団の中からぼんやりとそれを見ていたあさはよろよろと立ち上がると、薫の位牌を土間に叩きつけた。志津の命を奪った男が憎かった。

薫に激しい憤りを持ち続けることで、あさはかろうじて生きていた。

秋が深まり、虫がすだいていた。

こんな寂しい夜はいつも志津がそばにいてくれた、と思うと涙がぽろりとこぼれた。

一粒の涙が誘い水となり、涙は昼も夜も涸れることなく流れ続けた。

神も仏もなかった。宇三郎を失う怯えはいつもどこかにあったが、若い志津を失うとは夢にも思わなかった。身の置き所がないほど虚しかった。淋しかった。一陣の風が体の中を通り抜け、淋しさが体中に染み渡っていった。

「おまんがそばにいてほしいと言うたさか、志津は嫌と言えんかったんじゃ。おまんのせいで志津は死んだんじゃ」

「志津を返してくれんか！　娘を返してくれんか！」

「志津は死に場所を求めてここにきたようなもんじゃ。相賀におったら死なんですんだんじゃ。ここに来るんじゃなかったわよ！」

あさの繰言は毎晩のように続いた。

初めは黙って聞いていた宇三郎も次第に疎ましくなり、仕事から帰ると、そのまま大場の町に飲みに出かけるようになった。どこに泊まるのか朝帰りの日もあった。

独りでいることに耐えられなくなったあさは、毎晩のように隣の松本夫婦のもとを訪ね「薫が憎い、宇三郎が悪い」と髪を振り乱して言い立てた。初めは同情してくれた夫婦も毎夜のあさの繰言にはほとほと疲れ果てていた。たまりかねた源太郎は「いい加減にせんかい！　憎んでばかりいたら、しいちゃんも成仏できんが！」とあさを一喝した。

あさの居場所がなくなった。今夜も宇三郎は木枯らしが吹きまくる闇をついて出ていった。あさは冷めた味噌汁を掛けただけの夕飯を済まし、ごろりと囲炉裏の脇に横になった。

ひゅるひゅると風が唸り、山が哭いていた。体を吹き抜ける風もだんだん激しくなった。

あさは綿入れ半纏を羽織ると、憑かれたように黙然と裏山に向かった。

月が煌煌と山道を照らしていた。立ち止まって見上げた空に星が瞬いていた。

風に撓る木々の梢の間に、志津の顔がぼんやりと浮かんで見えた。

「志津、待っとれや」

寝巻きの紐を山桜の枝に巻きつけた。すると「何しとるんじゃ！」と暗闇から男が飛び出してきた。宇三郎であった。彼は振り向いたあさの頬を打ち、へなへなと座り込んだ。

「山がえろう哭いてるさか、気になって家に戻ったんじゃ。おまんがおらんさか探しに出るとこのざまじゃ」と唇を震わせながら、彼は怒った。

「おまんだけが辛いんか？」

覗きこんだ宇三郎の目に涙が溢れていた。

その夜、あさは眠れぬまま、幼い頃の志津の姿を思い浮かべていた。

異母兄姉に厭われ、おどおどと兄たちの威嚇から逃げ回っていた志津。そんなあの子を「しいちゃん、こっち来う」と抱きしめてくれたのは宇三郎であった。

彼の腹巻を探っては山葡萄や真っ赤な木の実を見つけ、歓声をあげていた志津。尾鷲での志津の笑顔はすべて宇三郎が与えてくれたものであった。

宇三郎と再会した日「兄やんにこれ買うてもろたん」と相賀の海岸を走ってきた志津。

「兄やんとならどことなり行こら」弾んだ足取りで尾鷲を発った日の志津。

函南に来て三人で暮らして、志津は幸せであったろうか。縁談を嫌がる志津の心を汲みとろうともしなかった自分の中に、娘盛りの志津と、自分より一回りも若い宇三郎との仲を妬む気持ちがあったのではないか……と思いが千々に乱れた。

明け方、浜木綿のほっこりと咲く海辺を一人翔けて行く志津の姿を夢にみた。


十二月半ばの明け番の日、宇三郎は大場の町に出かけ、夕刻前に帰宅した。

正月が来るから……と、あさに紫の反物を買ってきた。橙色の裏地までついていた。

「志津の働いとった料理屋に行ってきたんじゃ。世話になった礼が言いとうてなあ」

と口を開き、あさを見つめて思いがけないことを言い始めた。

「みなが淋しいやろ、と悔やみを言うてくれた。帰りがけに仲の良かった女が、わしを呼びとめてなあ、志津に好きおうた男がおった、と教えてくれたんじゃ。板場におった男で、志津が亡うなってからどこぞに行ってしもうたそうじゃ。済んでしまったことじゃがな……」

「おまんの言うとおりじゃ。済んでしもうたことじゃよ」と言いながら、あさは泣いた。

「志津！　おまんは何故黙っていたんじゃ……」志津の位牌に語りかけ、またあさは泣いた。

大正十二年の正月は淋しかった。囲炉裏の横でしゅるしゅると鰹節を削る晴れ着姿の志津の姿がなかった。いつもどおりの夕飯を済ませると、宇三郎はごろりと横になった。

あさも黙って囲炉裏の火を見つめていた。風が出てきた。

夜も更けた頃、風の音に混じって入り口の戸がドンドン叩かれる音が聞こえた。

宇三郎が戸口を開けると「宇三！　おったかい？」と東光寺の和尚が顔を出した。

「どしたんや？　元気でおったんか？　この頃、大場の飲み屋で会わんから寂しゅうてなあ」

和尚は上がり端にどかんと一升瓶を置くと、上がりこんで囲炉裏の火に手をかざした。

燗徳利に酒を入れ、湯呑み茶碗を用意するあさに「済まんなあ」と頭をさげ、

「辛かったろうなあ。辛い時は泣くがええ、思い切り泣くがええんや。宇三の奴も酒を浴びるほど呑んで泣いてばかりいたわよ。切なくて見ておれんかった」と言った。

あさは泣き崩れた。宇三郎も涙を流し続けた。

「娘さんに会いとうなったら、わしの寺に来るがええ。わしの寺に眠っとるがな」

泣きじゃくるあさの背を撫でながら、和尚も泣いていた。

翌朝、二人は　大人の背丈ほどに育った桜並木の坂を下り、軽便鉄道の線路に沿って田圃道を歩いた。凪もなく、暖かい日であった。来光川の橋を渡ると、上沢の集落に入った
東光寺は集落の西の端にあった。村道から逸れ、椿が生い茂る坂道を登ると、小さな本堂と庫裏が

現れた。薫と志津の墓は高台にあり、冬枯れの田方平野と来光川が望めた。

大黒《だいこく》が「天気のよい日はお母さんの姿も見えますよ、ほら」と指さした。振り返ると北東にトンネルの入り口が小さく見えた。

あさは線香を焚き、まず石を置いただけの薫の墓に詫びた。ダイナマイトを火にくべたのは志津であったかもしれない、薫は犠牲者かもしれない……とこの頃、思うことがあった。

涙ぐむあさに、いつでも来られると良い、と和尚と大黒が声を揃えて言った。花の寺であった。海棠、山吹、紫陽花、芙蓉と、季節ごとの花が楽しめ、穏やかな大黒の笑顔にあさの悲しみは次第に癒されていった。

大正十二年九月一日、あさと宇三郎は東光寺にいた。薫と志津の一周忌の法要を終え、庫裏で昼食を馳走になっていると、突然、大きな揺れがきた。四人は境内に出て、紅葉の木にしがみついた。頭上で太陽がぐらぐらと燃えていた。

午前十一時五十六分、関東地方を大激震が襲った。首都東京は暗黒の世界に変貌し、十四万人もの死者・行方不明者が出た。関東大震災である。

函南村では百六十戸が全半壊したが、工事現場のある大竹では半壊家屋が三戸と被害が少なく、トンネル内での事故もなかった。

西口事故

ざくざくと霜柱が立つ寒い朝であった。風邪をひいた手下の代わりに三の番に出た宇三郎の帰りが遅かった。不安にかられたあさは長屋の戸口に立って待っていた。

八時過ぎ、彼は疲れきった顔で帰ってきた。

「山がえろう荒れとるさか、崩れた所を土留めしておったんじゃ。交替の者にここには手をつけるな、と言うてきたが……」

不安げに告げた宇三郎の顔がひどくやつれてみえた。

朝飯を食べ、ひと眠りしようと彼が床に就いたと同時に、大きな爆発音が響き渡った。

跳ね起き、脱いだままになっていた坑内着に着替えた彼のもとに、

「吉脇の父っつぁま！　半鐘がなっとるが、事故が起きたんやろか？　うちの人は今朝仕事にでかけたが……どうしたらええんか？」と、もよが慌てふためいて飛び込んできた。

三人は坑口に走った。坑口前の広場にはすでに大勢の人が集まっていた。

大正十三年二月十日午前九時二十分、難所中の難所といわれた千五百余メートル付近が崩壊した。

幸いこの日は日曜日であったので、崩壊場所に一般の作業員の姿はなかった。

だが、北側迂回坑で導坑を広げる作業をしていた十六人が奔流してきた液体状の土砂に入り口を塞

がれ、閉じ込められてしまったのである。

宇三郎を見つけた手下の者が「どえりゃーことになっとる」と坑口を指差した。

坑口から大量の泥水が流れ出ていた。泥水はトロッコの線路上を奔流し、勢いよく土手から滑り落ちていた。

法被を着た地元の消防組が手押しポンプを引いて駆けつけた。隣村の青年団もやってきた。だが、溢れ出る濁流の勢いはあまりにも強く、みな見つめているだけであった。

そのとき、赤い紐が一本、濁流に見え隠れしながら流れてきた。遭難者が身に着けていたものであろうか？　家族たちは無事を知らせる合図だと色めきたった。

「所長さん、助けて！　皆さん、助けて！」と懇願したが、濁流は溢れ続け、山はまだドドドーッと不気味な音を響かせ崩れ落ちていた。これ以上犠牲者を出すわけにはいかず、鉄道関係者は困惑しながらも、ただ待機せざるをえなかった。

事故から四日後にようやく大量の水が処理され、土砂の排出作業に取りかかることができた。崩壊場所から坑外に向かって三百メートル以上も押し出された土砂の撤去が、消防組、青年団、在郷軍人会の協力で、一週間昼夜ぶっ通しで行われた。

二十一日、土砂が取り除かれ、八百名近い地元の応援団がひきあげた。坑口前の広場はひっそりと寂しくなったが、その寂寥感は家族の不安をいっそう駆り立てることとなった。

二十六日の夜、導坑から北側迂回坑の上に救助坑を掘っていた救助隊がやっと事故現場に辿り着くことができた。知らせを受けた家族たちが、ライトに照らし出された坑口前に集まってきた。救援所では鉄道医や県の衛生部員が薬品や医療器具を備えて待機していた。

一方、坑内では三十名の工夫たちが半身水浸しとなり、夜通しの捜索を続けていた。

二十七日午前三時頃、流れ出てきた用台に一人の死体が引っかかっているのを発見した。その用台を救助坑まで運ぶと、付近に遭難者全員が溺死体となって浮かんでいた。

夜が白み始めた頃、十六人の遺体はトロッコに乗せられて、坑口近くに設けられた遺体安置所に運ばれた。葬送のため工夫たちが叩く金槌の音が大きく聞こえ、坑口で待ち構えていた家族たちが足早に坑内に入っていった。

もよとあさの姿を見つけた宇三郎は、近づくな、と手を振って合図した。十八日間、水に浸かっていた死体は腐乱し、強烈な臭気を放っていた。死体の顔から鼻が捥げていた。

トロッコに走り寄ったもよは変わり果てた夫の姿を見て卒倒した。

「嫌だァ！　おらぁ見とうない！」

親戚の者の手を振り切って、その場から逃げ出す若い女房もいた。

若い工夫たちは同じ目に遭うのかと懼れおののき、青ざめて立ちすくんでいた。

三島署から出張してきた医師は、全員溺死である、と発表した。

号令福田清次の所持していた懐中時計が午前十時十六分で止まっていたので、事故から一時間ぐらいは全員生存していたものと思われた。

もよを背負って長屋に戻った宇三郎の体から強烈な死臭が匂った。

「わしが見つけたやつも鼻が欠けておったが……。苦しくて息をしようと、岩盤に鼻を擦りつけたんじゃろう。手の爪も剥がれてしまうほどもがき、むごいもんじゃ」

呟いた宇三郎の顔がひどく年老いて見えた。

腐乱死体は臭気止めを施して納棺し、その日のうちに荼毘に付されることとなった。

仮の火葬場となった坑口の上の空き地から、一筋の煙が立ち昇った。

やがて、死者を焼く黒々とした煙は滝地山の頂にするすると流れ、強い西風に煽られて、鉛色の空に激しく吸い込まれていった。

あさは長屋の戸口に立ち、合掌しながら煙の流れを見つめていた。

あさの脳裏に、ダイナマイトが鳴り響き、人がぽろぽろ死んでゆくこの地で自分は骨になるのは嫌だ、との強い思いが忽然と湧きあがった。

閏二月二十九日は快晴であった。風が強い日で、先頭の者が持つ竹竿につけられた長い白布がパタパタと翻っていた。鉦が鳴らされ、白提灯や花輪を掲げた葬列は三百メートル以上に及び、葬儀が営まれる平井の養徳寺まで粛々と進んだ。

鉦の音を聞きつけた沿道の住民は道端に座って、合掌して葬列を見送ってくれた。

また、三月四日には坑口広場で三島神社の宮司を斎主として慰霊祭が挙行された。

もよは滋賀から来た義弟に支えられてどちらにも参列していたが、髪を梳ることもなく、普段着のままの姿は異様であった。式の間、下を向いてぶつぶつ呟き続けていた。

心を狂わせてしまったもよは、義弟に連れられ、遺骨と共に故郷の滋賀に帰っていった。

熱海口の事故に続き、今回も多数の犠牲者を出したことに非難があがり、工事中止を唱える世論も多くでてきた。

「勝手なこと言いくさって！」

「工事がのうなったら、わしらどうやっておまんま食うていくんや」

「行く所もありゃせんが……」

女たちは井戸端で口から泡をとばして怒っていた。

あさは黙って聞いていた。工事が中止になれば宇三郎も諦めがつくかもしれん、自分もダイナマイトが鳴り響くこの地を離れることができる、との思いもどこかにあった。

このところ宇三郎に眠れぬ夜が続いていた。酒を浴びるほど飲んで眠りについても、すぐに「嫌じゃ、嫌じゃ」とうなされ始める。昨夜もそうであった。

「どしたんじゃ？　源さんがあないな目におうてから、よう眠れんようじゃが……」

揺り起こすと、彼はぶるぶるっと頭をゆすってぼそぼそ呟いた。

「鼻の捥げたやつが追いかけてくるんじゃ。捕まえようと髪の毛を摑むと、ペロリと皮が剥けてのっぺらぼうになっとるが……。わしもあないになるんかと思うと恐ろしんや」

「わしらはどこでも生きていけるんやさか、やめたらええ。在所に戻ろかのう」

と、あさが言うと、宇三郎は屹度顔をあげて、言い張った。

「いんや、わしゃトンネルができあがるまでは辞めん。死んだ者がうかばれんわよ！」

彼の気持ちも解るような気がしたので、あさは何も言えなかった。そして彼が地獄を見るなら、それを見届けてやろう、とあさ自身も覚悟を決めた。

鉄道省は断固として工事を続行した。まず、工夫たちから切望されていた排水坑と避難坑の掘削が開始されたが、芦ノ湖三杯分にも及ぶといわれる湧水はなかなか手ごわいものであった。ダイナマイトで穴を穿つと人をなぎ倒すような勢いで水は噴出し、天井からもザアザア雨のように降ってきた。工夫たちはゴム製の合羽、幅広の鍔がついたゴムの帽子、膝上までのゴム長靴といういでたちで入坑した。土砂降りの雨の中を腰まで水に浸かる状態で、作業が進められていった。

湧水対策として温泉余土を凝固させるセメント注入法や、断層から噴出する湧水を圧搾空気で押さえ込む新技術が取り入れられた。新技術の採用は作業能率を上げ、大事故を防いだが、工夫たちは圧搾空気による頭痛や筋肉痛、耳鳴りに悩まされるようになった。

宇三郎も耳鳴りや全身の倦怠感を訴えるようになった。澱のように溜まってゆく疲れを取るためか、一升瓶が二日で空になった。

武夫

大正十四年は空梅雨であったため、田植えのできない地域が多くあった。七月に入り、強烈な太陽が照りつけると、地面がひび割れ、畑の農作物が枯れた。人も萎れていた。暑さにうだり、長屋は不気味なほど静まりかえっていた。

井戸端の女たちは早朝からぎらぎらと熱線を振りまいている太陽を恨めしげに見つめ、そそくさと洗濯をすませると、部屋でひっくりかえっていた。

トンネル内は常闇で十六度と春先の気温であったが、湿度が高く、外界との温度差も激しかったので、工夫たちの疲労も限界に達していた。四交替六時間労働の短縮勤務となり、明けてくると男たちもひっくりかえっていた。

朝晩、涼風が立ち始めた九月の末、宇三郎とあさは志津の墓参りに出かけた。

田圃の畦道には野菊や赤まんまの花が咲き、赤トンボが群れていた。

コスモスが咲き乱れる寺に着くと、大黒と五歳位の男の子が花の中に屈んで何かを探していた。あさたちに気付いた二人が立ち上がり、大黒が何か呟くと、男の子は捕まえたバッタを高く掲げて見せた。

二重瞼のくっきりとした美しい子であった。志津によう似とる、とあさは目を瞠った。

　男の子が不思議そうにあさを見つめ、あさもじーっと男の子を見続けていた。

「どしたんじゃ？　あさ」と宇三郎に肩をたたかれ、あさは我にかえった。

「志津によう似とる。ふたかわ目の美っつい子じゃ。あないな目にあわなんだら、志津にもあんくらいの子がおったかもしれんと思うて……見とれとった」とあさは呟いた。

　男の子は山梨の下部温泉に近い村で、槍や甲冑が残る旧家の主人が女中に産ませた子であるという。「主が亡くなり、厄介払いされていた子を預かってきた」と大黒が言った。

　あさはその子を貰い受け、武夫と名付けて入籍した。

　実の孫のようにどこにでも連れて歩き、夜は抱いて寝た。

「おまんもすぐ五十になるが……。こないこんまい子を育ててゆけるんか？」

　心配していた宇三郎も晩酌の時は武夫を膝に乗せた。

「もっとくれ！」と武夫が言った。

「うまいんか？」と宇三郎が自分の皿を武夫の前に置いてやった。

「あさ、小骨が喉に引っかかるさかほぐしてやれや」

　手づかみで鰯をほおばる武夫に苦笑しながら宇三郎が言った。

　あさは遠い日の夕餉を思い出していた。

……晩酌する父がいた。弟を膝に抱いた母がいた。ちゃぶ台の上には鰯を盛った皿があった。

「もっとくれ」と妹のまんが言った。「くれとはなんじゃ」と叱りながら、父がまんの飯茶碗の上に鰯を乗せてやった。母が笑っていた。……

明日をも知れぬ流れ者の暮らしの中で、伸びてゆく命は愛おしく、生活を豊かにしてくれた。武夫を加えた家族が確かなものになりつつあった。


大正十五年十二月二十五日、大正天皇が崩御、昭和元年は一週間にも満たずに終わった。

明けて二年の春、武夫が桑村尋常小学校に入学した。

裏山を越えて通学する子どもたちの中に朝鮮の子どもが幾人か交じっていた。

四年前に朝鮮人渡航制限が解除されると、多くの朝鮮人が職を求めて日本へ渡ってきた。静岡県には昭和の初め二千四百人の朝鮮人労働者がいたという。

大竹口のトンネル現場にも三百人近い朝鮮人労働者がやって来て、線路下の空き地に掘っ建て小屋を建て、一大飯場を作って暮らしていた。朝鮮人蔑視の中、日本人労働者との争いが絶えなかった。酒を飲んでは集団でツルハシや鎌を手に乱闘に及んだ。昨年の夏には朝鮮人飯場で、乱闘の巻き添えをくった若い女が草刈鎌で切り殺される事件が起きた。

「むごいもんよ。アイゴー、と泣き叫ぶ女たちに抱えられた娘はすでに息絶えておった。顔中血だらけで、鎌は心臓にまで刺さっておったというが……。刺した松下はどうしようもない男や。まるでけだもんじゃ」と仲裁に駆けつけた宇三郎は憤慨していた。

大人たちの世界を反映してか、子どもたちの間でも小競り合いが絶えなかった。

「海を渡って、遠い所から来てくれとるんじゃ。どんな仕事もやってくれるんじゃ。それなのにこいつらはみんなで、臭い、臭い、朝鮮ポコペン臭い、なんて冷やかして女の子を苛めておった。謝って来い！」と宇三郎が武夫を殴りつけたことがあった。

「おまんの言うこともわかるが……武夫はまだこんまい。殴らんでもいいがな……」

あさは武夫を庇い、ぶつぶつと文句を言った。

翌日、あさは武夫を連れて朝鮮飯場に向かった。トタン屋根に石を置いただけのバラック小屋がずらーっと並んでいた。どの家の軒下にも赤い唐辛子が吊るされ、鍋や欠けた土瓶に葱に似た青い草が植えられていた。

二人が飯場に足を踏み入れると、何事か？　と各々の戸口から女たちが顔を出し、あさたちの後ろをぞろぞろとついてきた。入り口の筵を上げ、心配そうに中の様子を覗き込んでいた。母親は日本語が話せる人で、「ありがとう」と武夫の頭を撫でてくれた。

あさが「国に帰りたいんやろね」と訊くと「帰っても家も畑も盗られてしまい住むとこもありません。ここにおるしかないのです」と淋しげに笑いながら言った。

双方が笑顔を見せると、女たちは安心した様子でぞろぞろと帰っていった。

帰りがけ、母親はあさが持参した佃煮の丼に白菜の漬物を持たせてくれた。

その夜、宇三郎は貰ってきた漬物をつまみながら機嫌よく晩酌を重ねていた。

「やつらの底力はたいしたもんじゃと思っとったが、この食い物のせいかもしれんのう。やつらが弁当箱いっぱいに詰めてくるさか、わしは食うてみたいと思っておったんじゃ」

「今日、わしは恐る恐る朝鮮飯場に行ったんじゃ。飯場の女たちも何しに来たんや？　と心配して覗き込んでおった。怖かったが、母親に救われたわよ。賢くてええ人じゃった」

とあさが言うと「おうよ。あの衆はええ人らよ」と宇三郎が満足そうに言った。


梅雨の季節が巡ってきて、煙るような雨が降り続いた。

長い梅雨があけると、容赦なく真夏の太陽が照りつけ、夏休みに入った武夫は毎日、柿沢川に泳ぎに出かけた。昼顔の花を土産に昼飯を食べに戻ってくると、夕方まで昼寝した。

そよとも風のない昼下がりであった。水を飲もうと炊事場に立ったあさは、鎧戸を引き上げ、ふと窓の外を見た。人っ子一人見えなかった坂道に、一組の男女の姿がポツンと現れた。こない暑い日に誰やろ？　としばらく眺めていた。女のさしている黒いこうもり傘の上に、太陽がぎらぎらと熱線を振り撒き、二人の足元には土埃がたっていた。

近づいてきた女の顔に目を落とすと、あさは「まんじゃないんか？」と慌てて外に飛び出していった。「姉ま！」と駆け寄ってきたのは、妹のまんであった。

まんは大柄な若い男を伴っていた。まんの息子のようにも見えるひどく若い男であった。

「どしたんや？　こない暑い日に、こない遠くまで……」

「東吉さんと逃げてきたんやがな。ここにおいてくれんかの？」

横にいた男がぺこんと頭を下げた。

桶に浸けてあった西瓜を切って、二人に勧めながら話を聞いた。

男はまんが奉公していた名古屋の薬問屋の息子だという。男には妻と一歳になる男の子がいるが、好きになりどうにもならなくなってここまで逃げて来たとまんが言った。

「ここで働かせてもらえんかと思うて、来たんですが……」と男が言った。

「隧道仕事は危ない仕事じゃ。兄さんはまだ若い。他にいくらでも仕事はあるじゃろ」

「追われとるんです。町では働けんです。ここにおいてほしいんです。頼みます」

東吉がすがりつくように言い、両手をついて哀願した。

昼寝から目を覚ました武夫が、見知らぬ客に驚いてキョロキョロ見回した。

「志津の子どもかん？　志津によう似とるが……わしが覚えとる志津はこん位だった」

「志津の子どもではないんじゃ。志津は亡うなってしもうた。もう、五年になる」

あさは志津の結婚とその後の心中事件について話した。

その夜の夕餉は賑やかであった。

紫蘇の葉で巻いた味噌焼きや佃煮を肴に、男たちは酒を酌み交わした。

「兄さんは中学を出とるというとったが、そんなんやったら外の仕事に就いたほうがええわよ。トンネルはきつくて危い仕事じゃ。ケツを割って流れてゆく者も多いんよ」

宇三郎がきっぱりと言った。

男たちが寝静まってから、姉妹は涼みがてら外に出た。昼間の熱気が残っており、蒸し暑さが体にまとわりついた。

一陣の風が通りすぎると、闇に白粉花がくっきりと浮かんだ。

「母さんはまめでおるんかのう」

「寝たきりになってしもうた。わしがあさ姉の所に行くというたら、気いつけて行きなあれよ、と泣いておった」

「わしは親不孝もんや。こない遠くに来てしもうて。母さんがあないにかわいがっておった志津まで死なせてしもうた。わしのせいじゃ。わしが悪いんじゃ」

声を放って泣くあさの背を撫でながら、まんは静かに言った。

「しかたないんよ。定められた寿命かもしれんしのう。姉まと宇三さんに大事にしてもろうて美しい娘のまま死んだんも幸せだったかもしれんしのう」

その夜、床についたあさは八十近い母の病み衰えた姿を思い、寝付かれずにいた。

「あさ、きれいやねえ」母の声が聞こえ、故郷の輝く海が脳裏に甦ってきた。

母のいる故郷に帰んでみたい、と涙が零れた。捨てたはずの故郷であった。

翌朝、宇三郎は出がけに「しばらくここにおるがええ」と二人に言った。

三日後、東吉は宇三郎の手下となり坑内に入った。工夫たちは本坑の仕事を一時中断して水抜き坑と避難坑の掘削に関わっていたので、人手はいくらでもほしかったのである。

まんと東吉が一段下の長屋に住み、あさに穏やかな日々が戻ってきた。

不況の嵐

昭和は不況の中で幕を開けた。世界恐慌の煽りを受けた五年以降は更にひどく、倒産や首切りによる失業者が街に溢れた。また農産物価格の下落で農村も疲弊困憊した。

追い討ちをかけるように、昭和五年の晩秋、伊豆地方を大激震が襲った。

春頃から地震が多い年であった。初めは大きな地震の前兆か、と怯えた人々も度重なる地震に慣れてしまい、その内に鎮まるだろうとやりすごすようになっていた。

ところが、十一月に入ると執拗な地震がまたぶり返した。日毎に回数が多くなり、二十五日にはトンネル内で山鳴りがするほどの大きな地震があった。

二十六日の早朝、手水に起きたあさは大きな地のどよめきを聞いた。慌てて部屋に戻り、ぐっすり眠りこんでいる宇三郎と武夫を起こした瞬間、爆弾が落ちたかのような音が轟いた。いきなり下から突き上げられた。家が船のように揺れ、障子がばたばたと倒れた。

「外に出ろ！」武夫を抱えた宇三郎が叫んだ。

悲鳴や叫び声をあげる人々にぶつかりながら、外に這い出た。

暗闇の中、地面に臥せると地面の揺れがぼこぼこと顔や腹にあたった。

夢中で傍らの草を摑み、もう一方の手で宇三郎の肩を摑んだ。宇三郎は武夫に覆いかぶさっていた。寒さと恐怖にぶるぶる震えながら、地鳴りが鎮まるのを待った。

陽が射し始めた頃、ようやく大きな揺れが治まったが、まだ余震は続いていた。

宇三郎が起き上がって武夫を膝に抱き、どこも怪我をしていないか調べていた。

あさも地面にぺたりと座り、ずきずき痛む右足の踵を摩った。青痣ができていた。

余震はいつまでも続き、長屋の者たちは日が高く昇る頃まで空き地に座りこんでいた。

十一月二十六日の午前四時二分、伊豆地方をマグニチュード七の大激震が襲ったのであった。

トンネルの真上である丹那盆地を震源とする内陸直下型地震は、北伊豆地震と呼ばれた。死者は二百五十五名に及び、ほとんどが暗闇の中での家屋倒壊による圧死者であった。

震源地の函南村の被害は死者三十七名、負傷者百九十五名、全壊家屋三百九十四と甚大なものであった。被害は瓦屋根の多い地盤が軟弱な平坦部が大きく、断層上の丹那地区では地盤が硬くほとんどの家がトタン屋根だったので、倒壊家屋もなく死者もでなかった。

幸いにして、丹那盆地の真下にある大竹の飯場でも被害はなく、長屋も潰れずに建っていた。ただ、朝鮮飯場のバラックはすべて潰れ、トタン屋根が地面に広がっていた。

♪朝鮮人はかーわいそう、なぜかと言うと地震でおうちがペッシャンコ♪　と子どもたちが囃し立てていた。その子どもたちが通っていた桑村小学校は大音響とともに校舎が全壊したが、夜明け前のことが幸いし、子どもたちに被害はなかった。

トンネル内は側壁に多くの亀裂が生じ、西口から三千三百メートル付近が崩壊した。本線の拡張工事をしていた工夫たちは、明け方の震動に驚いて、地震の二十分前に坑外に避難していた。また、水抜き坑でボーリングをしていた者は地震後、真っ暗な坑内を逃げまどい、水抜き坑を伝ってほうほうの体で外に出てきた。だが、崩壊場所にいたズリ出し人夫四人と蓄電車の運転士一人が坑内にとり残されてしまった。

自宅の後始末に追われていた工夫たちを集め、五十人が救出のため坑内に入った。余震が起きる度、天井からばさばさと石が落ち、慄きながらの捜索が続けられた。事故から十一時間後の午後三時、暗黒のトンネル内を彷徨っていた一人の工夫を発見した。また翌日の夕方には蓄電車に挟まれていた運転士を見つけ、酸素切断機で車体を切って救助した。残る三人は四日後に遺体となって収容された。三人とも朝鮮人であり、その一人があの女の子の父親の孫寿日であった。坑内から鎚の音が鳴り、惨死者が運び出されると、朝鮮飯場の人たちは総出で出迎えた。数日後、悔やみに訪れたあさは母娘が飯場を去ったと告げられた。母娘は沖仲仕として働く伯父に連れられて清水港に行ったという。たった一度の出会いであったが、故郷を追われた強さと哀しみを持った彼女はあさにとって忘れられない人であった。

長い冬であった。長屋の者たちは憂鬱な思いで垂れこめる暗い空を見つめていた。

不況の嵐は工事現場にまで及び、工夫の日当が三円から二円八十銭に下がった。また、春には人員整理があると噂され、人々は噂に脅え、息をひそめて長い冬をやり過ごしていた。

あさは宇三郎が解雇されたら、武夫をつれて在所に帰ろうと一人考えていた。

……ここに来て十二年がたち、あさは五十四歳になっていた。今、戻らねばこの先帰ることはできまい。宇三郎は四十二歳。まだ山に入って働くこともできる。海も山もある故郷は受け入れてくれるであろう……とあさは運命の流れを天に委ねて、冬を過ごしていた。

昭和六年四月、噂は現実のものとなり、日本人五十三名、朝鮮人十二名が馘首された。

宇三郎の首はどうやらつながったが、日当が二円四十銭にまで下がった。

職を失い追われるように去って行く者に加え、工夫生活に見切りをつけて他所に移って行く者も多かった。井戸端に集う女たちの数も減り、長年家族のように親しんできた人々が四散してゆく光景は寂しかった。

不況の今、宇三郎が馘首されなかったことに安堵しながらも、あさは去って行く者を羨みもした。親しんだ人を見送る度に、あと何年ここにおるんじゃろ、とため息を洩らした。

子どもたちの数も減った。五年生になった武夫は、転校してゆく友を一人裏山に登って見送っていた。弁当を持たせてもらえず、水を飲んで我慢していた仲間であった。

この年は冷夏であった。八月半ばまで雲が垂れこめ、薄ら寒い日が続いていた。

白粉花は茎が育たず小さいままで花をつけた。白色も紅色の花も数が少なかった。

「おまんも寂しいんか？」あさは花びらを手に取り、問いかけてみた。

初秋、まんと東吉が川西村の長岡温泉に引っ越した。倒壊した温泉場の復興仕事がある、と仲間に誘われたという。とてつもなく寂しかった。まんはあっけらかんと「長岡は近いさか会いとうなったらいつでも会えるがな」と言い、たったったーと坂を下っていった。

卒業

霜が真っ白に降りた昭和七年二月半ばの朝、宇三郎が「あさ、志津の月命日じゃさか久しぶりに墓参りに行かんか？　会わしたい人がおるんじゃ」と思い煩うように言った。

陽ざしが温かくなり、田圃の畦には瑠璃色のいぬふぐりの花がびっしりと咲いていた。満開の紅梅の木の下に、大黒と四十前後の美しい女人が立っていた。

「在所にいた依田はなさんです。今度沼津に越してきたからと挨拶に来てくれたんですよ。あさちゃん、誰かに似ていると思いませんか？」大黒が嬉しそうに紹介してくれた。

あさは女を見つめた。くっきりとした二重瞼と細身の立ち姿は、どこか志津に似ていた。

志津が生きておったらこんな位だろうか、とあさが考えていると、

「よう見るがええ！　武夫に似とらんか？　武夫のほんまのおっ母さまじゃ」と宇三郎が言った。

女は深く頭を下げた。頭を下げたまま「武夫だけ手元から離してしまいすまんことでした。あん子はまだ小さかったので、本家の兄や姉に苛められて、よう泣いてました。大黒さんから、大事に育て

てもらっている、と聞いてありがたく思うてました」と礼を言った。

帰り道、宇三郎は立ち止まってしばらく山の稜線を仰いでいた。やがて振り返ると、

「この話を和尚から聞いた時から、わしゃ考えておったんじゃが、はなさんに武夫を会わしてやらんか？　のう、あさ」と訊いた。あさは驚いて言い放った。

「わしは嫌じゃ。こんまい武夫をここまで大きゅうしたのはこのわしじゃ！」

「やかましやっちゃ！　返せと言ってるんじゃないわい！　武夫はわしらの子ぉよ。おまんはあの女が志津に似とると思わんかったか？　わしゃ志津が生き返ってきたかと思うたわよ。志津だと思うたらな、わしゃあの人の喜ぶ顔見たいんじゃ。いっぺん会わしてやらんかよ」

宇三郎は、うかがうようにあさを見つめた。

あさの脳裏に、結婚を嫌だと言えず俯いていた志津と、会わせてほしいと言えずにただ頭を下げていたはなの姿が重なって映った。

翌朝、仕事に出かける宇三郎に弁当を渡しながら「武夫をはなさんに返してもええが……」と言うと、彼はあさを見つめて優しく笑った。

「だらよ。武夫はわしらの子ぉじゃ。会わせてやるだけでええんじゃ」

四月一日の公休日、宇三郎は武夫を連れて沼津に出かけた。頭痛がするんで行きとうはない、とあさは留守番をした。実母の出現を武夫はどのように受け取るであろうか、と心配であり、若く美しい母に武夫を取られてしまうような淋しさも感じていた。

ざわざわと心落ち着かない一日であった。

夕刻、薄闇が広がり始めた頃、あさは桜並木の下で二人を待っていた。

工事着手記念に植えられた桜は見上げるほど大きくなり、白い花びらを散らせていた。

武夫があさを見つけ「お土産があるんよー」と折箱を掲げ、走ってきた。

「武夫の兄さんが御成橋のたもとにある〝壽々喜〟という店でごっつぉうしてくれたんじゃ。武夫ははなさんと半分ずつ分けたが、わしは半分おまんに持ってきてやったわよ」

と宇三郎が得意そうに言った。専門店の鰻は格別な味であった。

その夜、武夫が寝てしまってからあさは実母との出会いの様子を尋ねた。

「何のこともないがな。はなさんは泣いておったが、武夫はふーんと頷いただけじゃった。それよりも武夫は三島から沼津までのチンチン電車に興奮しておったわよ」

「ほんにあん子は乗り物が好きじゃや。今年の正月、まんの所に行った時もバスに何度も乗りたがったがや……。ほんにバスの運転士になるんかもしれんのう」

「今日も兄さんに聞かれて、そう答えとった。兄さんの家の横がバスの車庫やし、ええなァ、と長いこと見とったわ。武、おまんはえらいがよ。運転士はこれからの仕事じゃ」

と宇三郎は寝ている武夫の頭を撫でながら言った。

はなさんは今、二十一歳の息子と十五歳の娘と暮らしているという。

「モスリンの工場で働いとるという姉さんには会えんかったが、兄さんは真面目そうなええ人じゃった。家具職人をしとると……。はなさんも手伝うておるそうじゃ」

東西両方から掘り進めてきた導坑の残りが六百十五メートルとなり、昭和七年が暮れた。

翌八年三月末、桑村小学校を卒業した武夫は兄の口利きで、東海自動車の沼津営業所で働くことになった。住み込みで働く武夫をあさが沼津まで送っていった。

五歳から育てた武夫との別れは辛く、帰りの汽車の中であさは一人泣き続けていた。

無性に淋しかった。一人でいることに絶えられず、あさは仕事にあぶれた男たちを誘い、花札に明け暮れた。遊びから醒めると、尚更淋しさが募り、一日中塞ぎこんでいた。

宇三郎は何も言わずに、箍の外れたあさの姿をただ忌ま忌ましげに眺めていた。

山々が深い緑に染まる五月下旬、宇三郎は「あさー、もうじきじゃ。工事もじきに終わりじゃ」と大声で叫びながら帰ってきた。向こう側で掘っている発破音がかすかに聞こえるようになったという。「おまんは沼津に出て、武夫のそばにおってやれ。わしは飯場で若い者と暮らすが……」とあさにいたわりの声をかけるようになった。

　それから宇三郎は沼津に出て武夫と暮らすように何度も言ってくれたが、あさは工事が終わるまではここで彼と暮らそうと決めていた。

六月に入ると、熱海側のダイナマイトの炸裂音が大きく響き、削岩機の音もはっきり聞こえるようになったという。いよいよ東西の水抜坑が出会う時が近づいていた。

あと何メートルか、と工夫たちの心も逸り、現場が急に活気づいてきた。

六月十七日、残りが十メートルもないことがわかり、方向を確かめるために大竹口から探り鑿が入れられた。みなが固唾をのんで見守る中、ドドドドードドドドと鑿の先が切羽の岩を突き破って熱海口の中心線に顔を出した。

「抜けたぞー」「ばんざーい」工夫たちの歓声があがった。

「みな大喜びでのう、びちゃびちゃと水の中を踊り廻ったんじゃ。穴に差し込んだ鉄管を交替で覗いたが……。熱海側から風が吹いてきて、カンテラの灯もちらちら見えたわよ」

と言う宇三郎の目に涙が溢れていた。

彼は親指と人差し指を丸め「こん位の穴を開けたんじゃ」と言った。あさはオヤッと不思議な思いで、彼を見つめた。「穴」という言葉に脅えていた彼が、底知れぬ不安や怖れが払拭されたのか、今夜は何度も口にしていた。

貫通の喜びに浸っている宇三郎の横顔は惚れ惚れするほど美しかった。

翌十八日は最後の一・五メートルを残すまで掘り進め、十九日に鉄道大臣のブザーを合図にその一・五メートルを発破で吹き飛ばすことになった。

昭和八年六月十九日、東西の入り口から来賓や新聞記者がトンネル内に入った。

トンネルの中央には松板のテーブルが置かれ、贈られた菰冠《こもかぶり》がいくつも並んでいた。

十一時三十分、東京の鉄道省の三上大臣がブザーのボタンを押した。それを合図に熱海口の平山所長が電気発破のスイッチを押すと、ダダダダーンとダイナマイトが爆発した。発破の煙が流れてきた。水抜坑が貫通した。バンザイの声が響いた。

新しく開いた小さなトンネルを大竹口の人々がくぐり抜け、熱海口の工夫らと握手した。

鹿島組の鹿島精一と、熱海口の鉄道工業の菅原恒賢が手を取り合って泣いていた。

八月二十五日には水抜坑に続き、導坑も貫通した。

二日間の祝賀休暇に、あさと宇三郎は沼津の町に出かけた。武夫は嬉々としてバスの清掃をしていた。武夫の仕事が終わってから、三人は駅前で食事をし、千本浜に向かった。

ほおずき色の太陽が海に沈んでいった。宇三郎は目を細めて、赤い海を眺めていた。

「海はええなぁー、久しぶりの海じゃ」と感慨深げに言った。

「あさ、すまんことしたのう。こないに遠くまで連れてきてしもうて、志津も亡くしてしもうて。夢中で山に潜っとる間に、十五年も経ってしもうた」

と頭を下げた。あさは黙って頷いていた。

その夜、あさたちは武夫の兄さんの家に泊めてもらった。

翌日は、兄さんが交渉してくれた牛臥山の麓にある別荘の離れを見に行った。

大正時代に建てられたという別荘の持ち主は亡くなり、今は管理人の初老の夫婦が住み込んでいた。海から少し離れているので静かであった。離れを借りることにした。

「じきに工事も終わりじゃ。ほしたら削岩夫の仕事ものうなる。後はレンガ巻きの仕事だけじゃ。おまんはすぐにでもここに移ってきたらええ。武夫もそん方がええじゃろ」

武夫とあさの顔を交互に見つめて、宇三郎が言った。

その夜、長屋に帰ったあさは闇に佇み、空き地に咲いている白粉花を見つめていた。

宇三郎はああ言うてくれるが、彼独りここに置いて行く事はようせん……と思った。

二ヵ月後の十月二十一日、トンネルの中心点で、殉職者六十七名の慰霊祭が行われた。

もわもわと線香の煙が澱む会場で、宇三郎は……源さん見とるか？　トンネルが貫通したんじゃ……と語りかけていた。彼の脳裏に、鼻のもげた源太郎に取りすがって卒倒したもよの姿が浮かんできた。清さん無念じゃったのう……と号令仲間の福田清次にも語りかけた。彼の懐中時計は十時十六分で止まっていた。清さんは一時間ももがき苦しんだのだ。

宇三郎はずっと泣き続けていた。

慰霊祭を終えた一行は熱海口広場で挙行された開通祝賀会に出席した。

澄み渡った青空の下で小学生が小旗を振って出迎えてくれた。

祝賀会はまず、十年以上勤務した永年勤続者の表彰から始まり、九十名（熱海口五十二名、大竹口三十八名）に表彰状と金一封が贈られた。吉脇宇三郎もその一人であった。

「わしは山が好きなんじゃ。途中でやめたら、事故で死んだもんが浮かばれんが……」

口癖にして働き続けた十五年であった。宇三郎は四十五歳になっていた。

その日の夕方、帰宅した宇三郎はあさに表彰状を手渡し、

「おまんのおかげじゃ。おまんがそばにおってくれたさか、ここまでこれたんじゃ」

と頭を下げ、西口広場で始まった祝賀会に出かけた。

あさは表彰状を手にしたまま、長屋の戸口に立ち彼を見送った。

昨夜、宇三郎はだしぬけに「房さんに三河と信州を繋ぐ隧道工事に行かんか？　と誘われとるんじゃ。新城に帰る房さんと一緒に来週にも発たんとならん」と言い出した。

「沼津の家に越して、武夫と三人で正月をのんびり過ごそうと思うていたんじゃが……」

とあさは口ごもった。置き去りにされる、という思いが強かった。

そんなあさの気持ちに気付いた宇三郎は「正月には帰ってくるさか、おまんは武夫と海のそばで待っとれや」と優しく言い足した。

前に前にと一人進んで行く男に、ついてゆけないこともあったが「山が好きなんじゃ」と笑う宇三郎が誇らしくもあった。

荷造りの済んだ長屋に戻ると、あさは表彰状を膝の上に広げた。

字の読めないあさには何が書かれているかわからなかったが、志津、もよさん、季さん、小池のおっ母、西野のせいさん……一人〳〵名を呼びながら文字をなぞってみた。

哀しい別れがあった。あっけらかんと去って行く人もいた。

散り散りになった井戸端の女たちは、どこかで陽気な笑い声を上げているだろうか。マッチ箱に入れて持ち帰った白粉花の種は、女たちの傍らに花を咲かせているだろうか。立ち上がったあさの足元から、夕闇が広がっていった。

十月末、あさたちは十五年住み慣れた大竹の飯場をあとにした。

大正八年の春、ここは何もない所であった。真梨川の水音だけが響き、志津と二人立ち尽くしていたものだ。あの志津もいない。どうしようもない悲しみがふっと湧いてきた。

宇三郎も同じ思いなのか、坂道の途中で振り返り、坑口を見つめ、その上の山を眺めていた。「山が哭いとる」「山が笑うとる」と出がけに毎日眺めていた山を見ていた。

「今日の山はどないや？」とあさが訊くと、宇三郎は、

「えろう静かじゃ。微笑ってわしらを送ってくれとるわい」と誇らしげに答えた。

坂道の両側に植えられた桜並木は紅葉が始まっていた。

二人は夕日に照らされている坂道をゆっくりと下っていった。

あさは五十七歳になろうとしていた。

あさたちが去って一年後の昭和九年十二月一日、丹那トンネルが開通した。

一番列車は東京を十一月三十日午後十時に出発、一日の午前零時四分にトンネルに入った。熱海口の手前で十人ほどの工夫たちが提灯を振って見送っていた。函南口の出口でも数個の提灯が振られて

いた。残務整理のため、残っていた工夫たちであった。

十六年の長い歳月と仲間の死……彼らは通過する列車を嗚咽しながら見送っていたという。

佳作　（小説）

杣人《そまびと》の森《もり》

佃《つくだ》　弘之《ひろゆき》

初春の冷たい雪代を集め、どうと流れる横川の瀬音を聞きながら一之助は黙々と谷筋の杣道を登って行く。

藍色に透き通る清流横川は、諏訪湖を源とし遠州灘に注ぐ天竜川の一支流である。

辺りを包む六十年生ほどの杉林は綺麗に間伐され、十分に手入れが行き届いていた。どの杉も大人一抱え程はある幹が、太さを同じくして真っ直ぐにぐんと伸び、群青の空に向かい気持ちよく並んでいる。

幹の太さが根元から梢まで大きく変わらない木、これを林学用語では緩慢な材と言う。このような材木からは建築用に長い角柱が多く取れ、板に引いても無駄が出ないので昔から市場で良い値が付く。もちろん、そう易々と出来るものではない。

植林する苗木の品種選別はもとより、植栽後はさらに性根の良い優れた木を残して択伐を行い、適度な間伐で日の当たりを調節し、さらには何百年と続いた林家のノウハウを注ぎ込まねば見る者を唸らせる美しい人工林は出来上がらない。

特に間伐が難しい、山の地味、斜面角、日照方位等々の条件から除伐する本数を算出しなくてはならない。この除伐本数の多寡を強い弱いと表現する。例えば、この林地は南斜面で地味も良く木がよく育つと判断した場合は、間伐は弱くして日の光があまり入らないよう調整し木の育ちを悪くする。逆に北向きの林地は間伐を強くして木の育ちを良くする。早い年月で太く育つと木は緩慢な材にはならず、年輪も大きく開いて脆い。

樵が手を掛けて作る木は、全て緩慢な材で且つ年輪が密で強い。

人工林の良し悪しは、その土地でどれだけの年月人が木を植え育て上げてきたかで決まる。高度経済成長時の材木高騰に踊らされ、にわかに雑木を切り倒し造った人工林は皆出来が悪い。地味が針葉樹林に向かなかったこともあるだろうが、何よりも目先の欲に走った造林者に、蓄積された知恵がなかったからだ。

ここ静岡県天竜地区は、江戸時代から林家の手によって森づくりが始まり、今では国内有数の木材生産地として吉野、尾鷲と並び日本三大人工美林の一つに称されている。

古より林業の盛んな土地には、必ず水量の豊富な大河川が流れている。近代林業において森林鉄道、そしてトラックと輸送形態は変化しているが、それ以前は川を使う以外に膨大な木材を輸送する手段が無かった。木馬や沢筋を流す管流しで本流に降ろした丸太を、木曾節で有名な中乗りさんが筏に組んで製材地まで運んでいた。木曾の山も江戸時代幕府への木材供給の為、天領とされた程立派な檜を産出する林業の盛んな土地である。もちろん、かつては天竜川も多くの中乗り達が丸太を筏に組んで下っていた。

唯一の例外は北山杉である。古くから林業が盛んな北山は木材消費地が近郊の京都であり、また小径の丸太に特化した森作りを行っている為、大河川を必要としなかった。

日本の長い歴史を持つ林産地は、膨大な知見によって合理的かつ緻密な人工林を伝統的に作り上げてきた。

そして、辺り一帯の美しい杉林は一之助が何十年も掛け、丹誠込めて作り上げた一つの作品であった。だが、この木々が木材として切り出されるのは後三十年、四十年も先のことである。

その時、彼はこの世には居ないだろう。だからこそ、職人気質の強い樵は恥を残さぬよう、心血を注いで山を作る。一之助は今はもうすっかり居なくなってしまった、そんなどっしりと腰の据わった山の男だった。

目端の利く人間になにやかやと意見されても、彼はただ一度として首を縦に振ったことがない。タワーヤーダ、グラップラー、プロセッサー、近代林業だともてはやされた欧米式林業機械も一瞥に介さなかった。

絶えず古い伝統を守り続けた一之助は、何時しか一人になっていた。

しかし、彼がそのことを苦にしたことは一度もない。

だが、山の仕事では一人で出来ないこともある。特に「だし」と呼ぶ出材作業は本格的に架線を張れば「付け子」「下ろし子」「集材機運転士」と最低でも三人の共同作業になる。架線を張ること自体一人では不可能と言ってよい。

そして、一之助は架線を張らずとも山の斜面を引き摺り下ろす「あらし」の作業だけで出材が出来る、林道に面した山林以外一切伐採を止めてしまった。皆伐の話があっても、絶えず首を横に振り断った。

その時の彼の言いぐさは決まっていた。

「今伐採してもよお、後の山はどうすらあ。子供は皆山を降りとるから、手が入れられんずら。はあ、がんこに山が荒れて、だんごかねえ事になるぞ。手がかからんようになるまで四十年、誰がこの山の面倒見るずらか」

後はどう宥め賺そうが、鋭い眼差しを更に険しくしてむっつりと黙り込んでしまう。

しかし、彼は決して偏屈な人間ではない。自分の山に林道が通るとなれば進んで林地を提供し、索道を上に張ると言えば快く了承した。だが、彼はここ十数年間、自分の山の木はほとんど切ろうとはしなかった。

江戸時代より綿々と続く林家は絶えず百年先を考えて山を造る。


鬱蒼と茂る杉の樹冠が初春の淡い陽光を遮り、林内は青い大気に包まれていた。

先祖代々樵達が踏みしめ作り上げてきた細い杣道を、一之助は白い息をたなびかせ一歩一歩確実に登っていく。彼が背負う使い古したショイコには大きな荷物が括り付けられている。

肺に染み込むまだ冷たい朝の空気は、ほのかに甘い杉独特の匂いを内包し、それを一息吸う毎に一之助は山と同化してゆく。

不意に光の壁に囲まれた小さな平地が彼の目前に現れたのは、急な斜面を十分ほど登った時だった。彼はそこで足を止めると、肩からショイコを降ろした。

ほんの五、六坪の平場の片隅には青いビニールシートの被いがあった。一之助は枯れ枝の重しを外しシートを小さく畳み込む。すでにそこには何度か足を運び、少しずつ持ち込んだ山道具が樵の気質を表すように整然と並んでいた。

ハンドウインチ、ロープ、継索、かけや、竹尺、もくちょう、燃料タンク、チェーンオイルと細々と並んだ道具の中から、錆びの浮いた空の一斗缶を取り出した一之助は、辺りの杉落葉と枯れ枝を手際よく中に放り込み火を付けた。

すっかり乾き樹脂油の残る杉葉は直ぐにオレンジの炎を小さな玉にして沸き立たせ、枯れ枝に火を移すと白い煙を細く立ち昇らせた。

ドンゴロスの袋に腰を下ろした一之助は、ちろちろと炎の踊りだした一斗缶に手を翳し、静かに掌を擦り合わせる。彼の分厚く節くれ立った無骨な手は白く透き通っていた。それは生命感を伴わない無機質な色だった。

戦後の復興期、そして高度経済成長期初め、日本中の山という山は建築用木材景気に沸いた。杉も檜も松も雑木すらも伐れば伐るだけ金になった。

有用木植林への国からの補助金も後押しになって、薪や炭の需要を失った里山の広葉樹林は次々と杉や檜の針葉樹に改植された。同時にエンジン式チェーンソウが欧米から輸入されてきた。使えば鋸引きの何十倍も早い。山の男達は皆このすばらしい力の機械に飛びついた。

だが、物事には必ず表裏がある。当時の機械はまだ重く、安全装置はもとより防震構造など付加されていなかった。そして目を見張るばかりの効率と引き替えにいくつかの代償が残った。

その一つが白蠟病である。

チェーンソウの激しい低振動に長時間さらされることによって、手の血管が痙攣性収縮を起こし、感覚の麻痺と、筋肉、神経の障害を引き起こす。特に血行不良になる寒い時期が一番辛い。仕事の前には必ず掌を火であぶり、血を巡らせ感覚を取り戻さなくてはならない。人によっては焼酎を一杯ひっかける者もいたが、一之助は山では一切アルコールを口にしない。

揺れる炎を見つめながら十分に手を暖めた一之助は、確かめるように、二、三度すべての指を曲げ静かに頷き立ち上がった。

彼の立つ小さな空き地を境に、山の林相は変わっていた。沢に向かって下側が杉林、そして山の頂に向かって檜林が広がる。

ほとんど陽の当たらない山土が絶えずじっとりと水を含み、沢から立ち上がる朝靄が潤沢な湿気を運ぶ山裾は水気を好む杉に適しており、転じて陽がよく当たり、風通しのよい山腹は適度に乾燥した地味を好む檜が向いている。

それは木を切ればすぐに分かる。

檜は切り口も鮮やかにサラリとした木肌をさらすが、杉はじわりと水をにじませる。時には、杉を切り倒した後丸太には切り落とさずに杉葉を残し、暫くの間放置して水気を飛ばさねばならない事もある。処理を誤れば杉は材が痛む。

何かを確かめるように空を見上げた一之助は、しっかりした足取りでヒノキチオールの香気漂う檜林に踏み入っていった。この林もまた見事に間伐が行き届き、赤茶色の檜皮幹が整然と並ぶ様は息を呑むほどに美しい。辺りは静寂が包み、時折「チャッチャ」とウグイスの地鳴きが何処からともなく聞こえてくる。後は僅かに彼の剣帯から漏れるカタカタという音だけだ。

細い杣道を黙々と登る一之助が、不意に辺りを覆った濃い影の中で歩みを止めた。そしてゆっくりと首を巡らせ天を仰いだ

昼空に突如星夜が現れる。

彼の目前にそれは存在した。胸高直径二メートルを越すその幹は茶褐色をした壁であり、無機物を思わせる分厚い木肌は薄く苔生し、あるところでは隆起し波打ち、捻れ絡まり、ささくれ立ち、まるで神話の大蛇が天に身をくねらせ立ちあがったまま凍りついたように見える。

軽く三十メートルを超える頭抜けた樹高は辺りの木々を倍し、幹の如く太い枝をぐるりと広げ、すべての者を睥睨するかの如く天を覆い隠している。

彼は自らの周囲一反歩を我が領土とし灌木一つとして進入を許さない。植物として、いや生物としてある領域を超えてしまった巨木は、すべてタケやハヤ、スサの古代の敬称を伴うような一種の神々しさを見る者に与える。

一之助の眼前にそびえるそれはまさしく、何かの意志を持つ神の如き一本の巨大な檜であった。

樹齢は軽く五百年は超えようか、樹木といえども人と同じく寿命はある。杉や檜は長命とはいえそのほとんどは百年を過ぎれば徐々に生が弱まり、風雪に傷つき幹には虫が入り、二百年も過ぎれば幹

が腐り、根が切れ大風に倒れ地に還る。たとえ条件に恵まれていてもその寿命を越え、更に数百年と生き延び、幹を太らせ梢を広げるものはまれである。それは僥倖といっても良い。

一之助はじっと巨木を見つめ、静かに歩み寄るとそっと幹に手を押し当てた。そこはほんのりと何処かしら暖かく、落ち込むような静けさが身の内に染み込んでくる。ついさっきまで微かに耳の底を打った沢音も山を渡る小鳥のさえずりも、厚い檜葉に遮られいつしか遠のいてゆく。

長く細い息を吐きながらゆっくりと幹から手を離した一之助は、深く皺の刻まれたその顔に、どことなくほっとした表情を浮かべた。

「まだ風が残ってるずらよう。はあ、ゆんべはがんこに北から吹いたずらなあ」

彼はくぐもった声で呟くと子供の様に澄んだ瞳を凝らし、黒々と陽光を遮る梢を見上げたままじっと黙り込んだ。

強い風を受けた木は、その力を逃す為吹かれるままに身をしなう。しかし、ただ風に身を任せるのではない。ほんの僅かだが、少しずつ、そして確実にその方向をずらしてゆく。はじめの内は縦に揺れる梢が、次第に前後左右に振れるようになる。

そして、いつしかその巨大な体はゆるゆると輪を描き、美しいワルツを踊り出す。この見事な円運動で、どれほどの大風が吹こうともさしてたわむことなく、一見堅甲の如き大木が見事なまでの柔軟さをしめすのだ。針葉樹は風が強ければ強いほど巨大な力を身の内にため込み、じっくりと時間を掛け回転によって放出してゆく。

大風や台風に耐えきれず倒れた風倒木が危険極まりないのはこのためだ。逃がしきれない風の力を抱え込むこの木を大地から切り離した瞬間、その膨大なエネルギーが一瞬に放出される。大人の胴回りをゆうに超える大木が時によって数メーターも跳ね上がり激しくその身をうねらせる。

この風倒木処理で命を落とす林業従事者はかなりの数にのぼる。風の力を残す木は、たとえそれがどれほどの小木であろうとも常に危険極まりない代物なのだ。

いつしか巨大な檜に背を向けた一之助は、元来た道を降り始めた。

「やっと道具が揃ったが、今日は無駄んなったずらな」

その言葉とは裏腹に一之助の足取りは軽く、厳しく引き締まっていた口元も僅かに緩んでいた。

だが彼は、そのまま山を下りようとはせず、道具をまとめ置く空き地に戻ると、今日担ぎ上げたショイコを解き始め、ドンゴロスの袋に包まれた荷物を地面に降ろし、中から大きな機械を引きずり出した。

それは重厚感漂う冷たい鉄の塊、エンジン式チェーンソウの機関部だった。しかも普通のチェーンソウの三倍の大きさはある。白く塗られたそのボディは、最近のプラスチックを多用したものとは異なり、グリップからハンドガード、スプロケットカバーに至るまですべてが金属である。重さは二十キロを超える。排気量百cc、二ストローク、ちょっとしたモータサイクル並の旧西ドイツ製エンジンは最高出力十馬力を発揮する。

一之助はそのエンジン部に、すでに運び上げた道具の中から百二十センチバーと、長くとぐろを巻くチェーンブレードを取り出すと手際よくセットしてゆく。

組み上がったその大きさは一之助の背丈ほどにもなった。

それは、今時ではまずお目に掛かることの出来なくなった、大径木専用の巨大チェーンソウだった。チェーンソウは最大バー寸三倍の木を伐倒する事が出来る。つまり百二十センチバーであれば直径三百六十センチまでの巨木を切り倒す事が可能だ。日本の山でこのスチール製チェーンソウで伐り倒せない木はまずない。

一之助はエンジン部の燃料タンクキャップを外し混合ガソリンを流し込むと、チェーンオイルタンクにもチェーンブレードの潤滑加熱防止専用オイル充填した。

「はあ、十年振りだで、上手く掛かるかのう」

手際よく燃料ポンプを押して混合油をキャブレターに送り込むと、チョークを開き、確かめるようにスタータープルを二、三度握り締め、一呼吸置くと力強く一気に引き上げた。

エンジンはくぐもった「ドゥルルル」という重い唸りを上げるが火は入らない。一之助は構わず立て続けに二度三度とスターターを回す。五度目にようやくプラグの火花が混合油に点火し「ドッドッドッド」と腹に響く爆音を不規則に連ねながら、せき込むように白煙を立ち上らせエンジンが目を覚ました。

素早くチョークを戻した一之助は、グリップアクセルにぐっと指をかけ、ゆっくりと握り込む。途端に大きく身震いをしたチェーンソウは「グオーン」とたくましい唸りを上げ、同時に「ジャー」という乾いた音を立てチェーンがバーの上を素晴らしいスピードで走り抜ける。

一之助は構わずアクセルを開くと、マフラーから吹き上がる白煙が薄紫の煙に変わるまでエンジンを回し続けた。

「グオー」という猛々しい響きがこだまし、殷々と辺りの林間に吸い込まれてゆく。

アイドルに落としたエンジンを、更に一度大きく吹かし上げた一之助は、ゆっくりと一つ頷いて、キルスイッチをＯＦＦにした。

握り締めたグリップから手に伝わる独特の振動が、昔の感覚を呼び戻したのか口元を厳しく引き締めた彼の顔にはうっすらと赤みが差していた。

「わしゃ、がんこに年を食って力ものうなったが、お前はまだ元気ずらのう」

よれよれのウエスでさっとエンジンカバーを拭うと、一之助はチェーンブレードにカバーを差し込み、燃料タンクから混合油を抜いて、機関部をビニールシートで包み込むとゴムバンドでしっかりと止めた。

そして巨大なチェーンソウを軽々と持ち上げ、道具置き場のシートの下にしまい込んだ。

小柄な彼の体の何処にそれほどの力があるのかと、見る者は驚きの声を上げるであろう。しかし、一之助は自分と同じ重さの丸太を担いで斜面を登ることが出来る。これは、単純に力の強さではなく、長年の内に培われた一種のこつである。

肉体労働を続ければ人は重さに耐えるため筋肉が発達し、腕が太くなり、胸が厚くなる。だが、山働きはそうした体が大きくなってゆく者には向かない。力ではなく微妙なバランスを獲得することによって、重さに打ち勝っていく者でなくては、歳を経て筋肉が衰えてから仕事を続けることが出来ないからだ。そして大きな体は敏捷性に欠ける。一瞬の身の動きが事故につながる林業ではそんな小さな事が命取りになる。

その点、一之助という人間は山仕事のために造られたと言ってもいい。いや、山仕事によって見事に造り上げられたと言うべきだろうか、これはもはや一種の特異な才能である。

「はあ、今日は早じまいだのう」

空のショイコを担いだ一之助は、くるりと山に背を向け、足早に細い杣道を下り始めた。

チェーンソウの轟音に驚いて鳴き止んでいた鳥達の声が、森閑とした山の何処からか響き出す。その中には少し気の早いオオルリの美しいさえずりも混ざり込んでいた。

杉林の法面を下る一之助が不意に立ち止まったのは、ちょうど横川の瀬音がはっきりと届き始める辺りだった。何かを確かめるようにじっとある一点を睨め付け、ゆっくりと腰をかがめると苔に覆われた地面から何かを慎重に穿りだした。

彼の手にした人差し指ほどのそれは、山の湿った黒土に覆われていた。掌で擦り合わせるようにその泥をこそぎ落とした一之助は急ぎ足で沢筋まで降りると、それを冷たい川水で綺麗に洗い、腰から抜いた手ぬぐいで慎重に磨き始めた。

彼の手の中で、次第に鈍く黄色い光を放ち出したのは真鍮製の薬莢だった。それも山の猟で使う弾とは違うもっと大きな弾丸の薬莢。紛れもなく機関砲の薬莢である。

「こらグラマンのほうずら」

小さく呟いて、一之助はその薬莢を大事そうに手ぬぐいに包むと、青一色の春空をじっと見上げた。


横川沿いに少し北上すると大平という小さな集落がある。今では過疎化が進み、わずかばかり残った老人達が農林業でひっそりと暮らしを立てている。その集落の廃校になった分校脇に小さな社殿の村社がある。一之助は軽トラックをその境内に乗り入れた。

車から降りた一之助は鳥居の前でふと足を止め、その傍らの真新しい欅の切り株をじっと見つめた。まだ、表面にうっすらと水気を残す切り株はかなり大きなもので、樹齢は二百年生近い。

「この頃らー、がんこにろくでもないのが増えたずらな」

この欅はつい十日程前に盗伐されたのだ。

胸高直径が一メートルを超える欅は、銘木としてかなりの金になる。

私有林ではあまりないことだが、共有林などでは今までも何度か盗伐はあった。しかし、最近は長く続く不景気とモラルの低下で一晩で道筋の良木を何本もまとめてもっていかれたり、神社の神木を盗み伐る罰当たりな事が度々起きる。

物心が付いた頃から見上げ続けた木が一本、不意に目の前から消えてしまったことは、一之助にとってかなり辛いことだった。

今は過疎のせいで行われなくなって久しい秋祭りだが、かつてはきらびやかな山車がこの欅の真下から出発して若者や子供達と共に集落を練り歩いた。

もちろんその中に紅顔の少年であった頃の一之助の姿があり、りりしき若者姿の時代もあった。様々な思い出がこの欅一本無くなったことで、一緒に消えてしまったように思えた。しかし、一之助の黒く陽に焼けた顔に憤りの色は何処にもない。

山の男は不思議と怒りに身を震わすことがない。

だが、皆心根が優しいわけでも、気が小さくて大人しいというわけでもない。絶えず相手にするものが、人の力などものともしない厳しく強大な自然であるために、何もかも悲しみと共に受け入れてしまうようになるのだ。

大木に押しつぶされ山で命を落とした仲間の姿を見ても、怒りを向けるべき相手があまりに巨大であるがために感情は凍結され、ただ諦めが残る。

そんなことがいく度も重なり、澱の様になって体の内一杯になってしまった山の男は、いつしか怒りという感情をまったく心の内に持たなくなってしまう。

彼らは憎しみの感情渦巻く人間社会には適合できない後天的な奇形なのかもしれない。

一之助は小さくため息をついて欅の切り株から目をそらすと、石鳥居をくぐり境内に足を進めた。まず小さな石造りの蹲で丁寧に手を清め、薄暗い社殿を前に神妙に柏手を打ち静かに頭を垂れる。人知を越えた荒ぶる神の存在を身をもって知る男が清澄な空気の中にとけ込んでゆく。

そして彼は社殿を離れ、脇にある大きな石碑に向かって近づいていった。胸ポケットから先ほど拾った薬莢を取り出し、大きく「鎮魂」と彫り込まれた碑の前に置くと、息を詰めてじっとその場に立ちつくした。

見れば少し張り出した石碑の土台に、大きさの異なる薬莢がいくつも並んでいる。それらは全て一之助が山で見付ける度、一つ一つ拾い集めてきたものだった。

碑の裏側には、何十という数の姓名が刻み込まれている。それと同じ名が靖国神社のどこかにもあるのだろう。

皆、あの太平洋戦争に出征し、再び天竜の山を見ることなく散っていった若者達である。薄く苔を纏った鎮魂の碑は、今では忘れ去られた戦死者達へのモニュメントだった。

彼には兄がいた。

だがそれも六十年も昔の話だ。今でもまざまざと目に浮かぶ十歳年上の兄の姿は、いつも柔らかな笑みを浮かべた軍服姿だった。それが記憶に残る最後の姿だからだろうか。

この天竜から海に向かって僅か三十キロの所に浜松の街がある。

太平洋戦争時、軍需工場の多かったこの街は、連日に渡る激しい空襲を受け、ほとんどの市街が焼き尽くされた。バブル期に造られた駅前高層ビルの建設現場では基礎工事中に複数の不発弾が発見され幾度もニュースになった。大戦末期には遠州灘に展開する連合国艦隊から駄目押しの艦砲射撃も受けている。

そして多くの人々が戦火の犠牲となった。

もはや戦力は費え、物資も底をついた日本に高々度から飛来するB29戦略爆撃機や、ハリネズミのようにピケットラインを張り巡らした連合国艦隊を迎撃する余力はまったく残っていなかった。

かろうじて残った旧式の零戦が基地を飛び立ち、機銃掃射に飛来するP51やF6Fといった戦闘機に対して、必死の迎撃を敢行した。

しかし、ターボチャージャー、後方レーダーを装備した米軍新鋭機に対して、燃料不足で訓練すらままならないパイロットの搭乗する零戦は、大木の前の蟷螂の斧に等しい。まして燃料はエンジン出力も低い松の木から搾り取った松根油である。撃墜などとうてい不可能である事を知っていた彼らは、満身創痍となりながらも必死に敵機を市街地から引き離し、出来る限り被害の少ない天竜の山奥へ向かったのだ。

レシプロ戦闘機独特の甲高い爆音が山々に響く度、一之助は家を飛び出し、空を見上げた。雲一つ無い深く青い空を、何機もの戦闘機が翼端をキラリキラリと銀色に輝かせながら、カワセミのように目まぐるしく身を翻し、時には天高く舞い上がり、山陰に身を沈め飛び交った。

その光景は戦争という悲惨さも、殺し合いの壮絶さすらも微塵も感じさせず、ただとても美しかった。そして決まって細く黒煙を引きながら大地に吸い込まれていったのは、日本の戦闘機だった。

そのたびに幼い軍国少年だった一之助は、強く拳を握りしめ「くそ！　くそ！」と声にならない呟きを口に涙を浮かべていた。

「今に俺が……」ただその思いだけを胸一杯にした少年の目の前で、何機もの日の丸を描いた戦闘機が撃墜され、しかも一度として落下傘の開く様を見ることはなかった。

この年の夏、山々に木霊する爆音はある日を境にふっつりと途絶えた。

そして兄は帰ってこなかった。

何処で戦いどんな状況の中戦死したかも伝えられず、ただいくつかの遺品が送られてきただけだ。

兄は中学を卒業するとそのまま予科練に進み、山が赤々と色づく晩秋の頃、不意に二日間だけ休暇をもらってこの天竜に戻ってきた。

昔から林家は教育熱心で、思いの外その子弟は高等教育に進む者が多い。農家と違い不作に生活が左右されることが無く、幾ばくかでも林地を持っていれば微々たるものだが現金収入で経済的な余裕を持つことが出来たからだろう。

そして山の若者達は格段に目が良く、身体能力が高かった。視力の良さでは海育ちの若者も引けを取らなかったが、体の筋力バランスと反射神経の良さは山育ちの者に軍配が上がる。結果としてパイロットの不足した戦争末期には多数の若者が自ら望んで航空兵になり、そのほとんどが帰ってこなかった。

「兄さん、僕もすぐに行きます」まだ小学生の一之助がそう意気込むと、兄はからりと笑い声を上げ「気が早い奴だな。お前はまず勉学に励め」と確かめるように何度も彼のまだ細い肩を両手で包みこんだ。

その手の感覚がいまだに一之助の肩には残っている。

兄は誰にも告げず一通の遺書を残していた。

それを兄の机から見付けたのは敗戦のしばらく後のことである。死を覚悟していた兄は、どんな思いであの時自分に語りかけていたのだろうか、最後に交わした僅かな言葉を思い出し、悲壮感の欠片も感じさせなかったその姿を思い出すと、今でも一之助は胸が詰まる。遺書は簡潔に父母への感謝の言葉が綴られていた。

そして、一之助は兄が伝えたかったであろう思いを継ぎ、高校を卒業すると自らの夢を捨て、森を作り大いなる自然と戦うために山に入った。

あの戦争で沢山の若者がこの山の上に広がる空で死に、海や南の島、大陸、異国の街で死んでいった。

戦争の後、何人もの若者が山の作業で命を落とし、幾度となく一之助はそれを目にしてきた。ある者は伐り倒した幹の下に肺を押しつぶされ、またある者は丸太と共に崖下に滑落し、チェーンソウで足を切り落とし血にまみれ、切断した繋索から落下した材木に頭をつぶされ、見るも無惨な姿で息を引き取っていった仲間を幾人も看取って来た。

しかし、彼らを死に至らしめたものは強大な自然であり、人間が遥か太古の頃より学び築き上げてきた、山との共存という目的の過程に起こった死である。

だが、果たしてあの戦争で命を落とした兄の、そして多くの若者達の死に意味があったのだろうか、救いはあったのだろうか。

日ごろ考えないようにしていることだが、山で古びた機関砲の薬莢を拾う度に心の奥底で置き火のようになっている、やるせない思いがほのかに燃え上がり、気が付くと決まって鎮魂碑を前に立ちつくしている。

今更思い出しても仕方のないことだ。

一之助は静かに鎮魂碑に向かって黙とうした。


薄暗い村社の森を抜け一之助が石鳥居をくぐると、若い男が一人、欅の切り株をしげしげと眺め、手にしたバインダーに何か書き込んでいる。

彼は、一之助に気が付くと親しげに手を挙げた。

「一さんじゃないですか。お久しぶりです」

「おう、よし坊か。何が久しぶりだ。お前はちっとも山に来んじゃないか、どうせまた事務所にばっかおるんずら。自分とこの山ぐれーお前が手入れしてやらんと、駄目ずらよう。で、なんだ、今日は組合の仕事か？」

一之助の辛辣な言葉に、若い男は困ったように苦笑いを浮かべた。

「もうよし坊は勘弁して下さいよ。今年で二十八歳なんですから……森林組合の仕事も忙しいですよ。今、補助金の件で揉めてるから、こんな時に盗伐なんてほんとえらい迷惑ですよ」

「なんだおめえ、盗伐の跡をわざわざ見に来たのか。暇な話しずらな」

「まさか、切り株だけ見にこんなとこまで来ませんよ。警察の方からの依頼で、盗伐された欅を今日の東濃木材市場の価格に合わせて、被害金額を推算するために来たんです。あっ、そうだ！　一さん所の例の檜、もう伐倒終わりました？」

「まだだ、今日行ってみたけー、風が残っとるで止めたずら」

「風が残る？」

若い男は一瞬訝しげな表情を浮かべたが、まあどうでも良いといったふうに首を傾げた。

「じゃあ、まだですね。それなら例のヘリコプター集材の件考え直してくれませんかね」

彼の言葉を聞いた途端、一之助は顔をしかめ不愉快そうに眉根を寄せる。

「その話なら何度も断っとるずら。あの木はわしがきっちり材に挽いて、架線で出す」

「いや、しかしですね。あれだけの大木ならヘリを使っても十分に採算が取れますし。丸で出した方が良い値が付くのは間違いないじゃないですか。それに、この辺りじゃ珍しいヘリコプター集材になるから、マスコミの方にも話をして新聞社にも来て貰おうかと組合長にも……」

「馬鹿馬鹿しい、そんな騒々しい事してなんになるずらよ」

激しく言い捨てた一之助の口調に、一瞬鼻白んだ若い男はそれでも気を取り直してまくし立てる。

「一さんもたまにはちゃんと聞いて下さいよ。新しいことに取り組む姿を広く世間に知って貰えば、林業に対する認識も変わりますし、ひいてはこの辺り一帯の活性化にも繋がるんですよ。いつまでも古くさい考えでいたらどんどんこの産業は衰退してしまう。これからはマスコミやネットを通じてグローバルにアクティブに情報を発信して、みんなで協力しあって盛り上げて行かなくてはならないんです」

「はあ、どっかの議員さんが言いそうな話ずらのう。わしはそんなことに興味も期待ももっとらん。今までなんだかんだと馬鹿馬鹿しいまねしてきて、なんか変わった事があったずらか」

「今まで失敗がなかったとは言いませんが、だからこそこれからは……」

「もうええら、用が済んだならわしなんか相手に無駄な話せんで、早いとこ事務所へ帰って、忙しい仕事に取りかかればいいずらよ」

うんざりした声で彼の言葉を遮ると一之助はくるりと背を向け、後は一瞥もせずにすたすたと自分の軽トラックの方へ歩いていく。

「まったく頑固でしょうがねえ爺さんだ」

苦笑いを浮かべた若い男はポケットから煙草を取り出した手を止め、ふと何かを思い出したように声を上げた。

「一さん！　今日の会合は必ず来て下さいよ」

「わかっとる！」

一之助はあからさまに不機嫌な大声を響かせると、勢いよく軽トラックのドアを閉め、直ぐにエンジンを吹かして走り去っていった。

しばらくの間、若い男は苦り切った表情でその場にぼんやりと立ちつくしていたが、小さく「ちっ」と舌打ちすると口にくわえた煙草に百円ライターの火を移した。

煙草の先がほのかに淡い炎を宿し、ゆるゆると細い筋になった紫煙が立ち昇る。

ほっと吐き出す彼の息が同じように白く光り空気に溶け込んでいった。

山の春はまだ冬の面影を強く残している。


森林会館の駐車場は一目で林家のそれと分かる、ショイコやチェーンソウオイルの一斗缶、下刈り機が積み込まれたままの軽トラックで半分近くが埋まっていた。

一之助は駐車場の一番外れに自分の車を止めると、水銀灯を煌々と灯し夜の山里に白く浮かび上がった森林会館に入っていった。

自然との調和を謳い文句に設計された会館のエントランスホールに入る度、一之介は打ちっ放しのコンクリートに囲まれた空間に気味の悪い違和感を覚える。彼はそそくさとホールを通り抜け、第一集会室と書かれた部屋の扉を開けた。

途端に目の眩むばかりの白光が目を突き刺す。幾度か瞼をしばたかせ、ずらりと並んだ蛍光灯の光に目を慣らした一之助は広い集会室をぐるりと見回した。

整然と並ぶ机のほぼ半分は作業着姿の男達で埋まっている。もちろん皆一之助の知った顔だ。この辺りの山で林業を営む者全てが、今日の会合には集まっているようだった。

会合はすでに始まっていたようで、大きな音を立てドアを閉めた一之助に一瞬幾人かの者が首を振り向けたがすぐにまた視線を元に戻した。ただ、最後尾のそれも一番端に座る古くからの仲間数人が、親しげに手を挙げ僅かに二、三度頷いて彼を呼び寄せた。

「よう、茂さー。今日はやけに始まるのが早いずらのう」

彼らが空けた席に腰を下ろした一之助が、隣に座る丸顔の男に声を掛けた。

「はあー、いつものこったて。この頃は昔とちごうて、まず一杯がのうなったからのう。最初に組合の無愛想な娘っこがぬるい茶を配っただけずらが」

短く刈り込んだ白髪の頭を一撫でした彼は、嬉しそうに顔をほころばしたまま横の机からお茶の入った湯飲みを摑んで一之助の前に置いた。

「ほうじゃ、ほうじゃ。酒が入らんと、こうして古い馴染みが集まっても寂しいばっかりずらよ」

一之助の前に座る鶴のように痩せた男が、椅子ごと向きを変えて相づちを打つ。

「そうじゃのう、ちょっと前までは必ずコップ一杯は腹に入れてから会合始めたが……はあ、輝っちゃはたまには酒無しの方がええずらよ。どうせ今日もがんこにほうりこんで来とるずらが」

一之助が言葉を返すと、痩せた男はにやにやと口元をほころばせ、目配せしながら指を二本立てて見せた。

「なんじゃ、まだ二合か。もう一升入っとると思ったが」

「馬鹿言え、もう歳だてそんなに入らすか」

慌てて首を振ってみせる男の他、一之助の周りでしきりと頷いて見せる男達は皆六十をとうに超えた老人ばかりである。

かつて彼らは皆、共に組んで幾度となく仕事をした仲間だった。山仕事で組むということは即ち、互いに命を預け合うことになる。それだけに阿吽の呼吸を知り抜いた彼らは今でも結束が強い。

「ほんで、話の方はどんな按配ずらか」

一之助の問いかけに丸顔の男は急に笑い顔を引っ込めると、忌ま〳〵しげに首を振り前の方へ顎をしゃくった。

彼の示す視線の先、やけに大きな演台の上では組合長他、市や県事務所の面々が並び、その前では一人の男が口角泡を飛ばし大声で何かまくし立てている。

「私は我々林家の生活はどうなるのか聞いているんです。いいですか組合長。新しい高速道路がここの山を通るとすれば　高速道路用地だけじゃなくその他の林地も価値が下がるのです。排気ガスによって汚れた大気で木々の育成も悪くなるでしょうし、場合によっては枯死するかもしれない。それに騒音や振動で動植物の生態系は変わり、大々的な環境破壊が起きるのは間違いないでしょう。それらの問題に対して行政はどういった対応をするつもりなのか、はっきりしていただきたい」

「いや、ですから我々行政としては、高速道路の建設を機会に更なる林道の整備を行い、基幹林道の全舗装と幅員の拡大をして、林業の機械化を推し進めていこうという事で……」

二、三度ネクタイの結び目をいじってから立ち上がった県の林政課職員が、用意していた書類を読み上げるように壇上から視線も下げずに淡々と答える。
「私が聞いているのはそんな問題じゃない！　我々にとっては何者にも代え難いこのすばらしい自然をどう守るか、環境アセスメントの見地からどのような自然保護を行うのかお聞きしているのです！」

「はあ……まあ、それにつきましては、インターチェンジの建設と同時に、地場の特産品の販売やリレクリエーション施設を備えた自然交遊館的なものを現在検討中でありまして、新しい産業の育成なども視野に入れて、これから皆さんと話し合っていくつもりでおりますので」

「またそういうバラマキ行政を行って、お茶を濁すつもりか。環境保護の見地から、我々はこの豊かな山の自然を守るため断固として用地買収を拒否するぞ」

男は興奮のあまり腕を振り上げ、椅子から立ち上がって大声でまくし立てる。

壇上の県林政課の職員は男の剣幕に弱り切った表情を浮かべ、俯いたまま黙り込んでしまった。

そんな二人を取りなすかのように二、三度頭を下げた組合長がのろのろと立ち上がった。

「なんだ、あの若いのは」

不機嫌そうに口を曲げた一之助は、思わず吐き捨てるように声を上げた。

「はあー、あれでもう歳は四十近いずらよ。ほれ、最近戻ってきた辰っちゃの息子だ」

やれやれと困ったように首を振って答えたのは隣に座る茂さだった。

「なんじゃ、あれが辰っちゃの息子か。確か何とか言う大きな会社で働いとったじゃねえずらか。おうっ、そういや辰っちゃと茂さは同じ村ずらな」

「それが去年の初め頃にリストラとか言うのになって、嫁さんと子供連れて戻ってきたずらが。自分とこの親父が死んでも戻ってこんかったもんがのう」

「そんなのが何を息巻いとるか。馬鹿馬鹿しい、環境保護だの我々の自然を守るちゅうたってここら辺りはみんな何百年も前から全部造成林ずらが。あれで山の仕事はちゃんと出来るのかや」

「出来るわけねえずらよ。はじめの内ちょこっと山に入ったら、すぐ音え上げてわしらのほうへ受けに出したずら。あれじゃあ死んだ辰っちゃも浮かばれんずらのう。大学出て法律じゃあなんじゃとよう知っとるけ、今じゃあの調子でわいわい騒ぎ立てて、飛んで回っとるで五月蠅くてかなわん」

丸顔の細い目を更に細くした茂さが困ったようにため息をつく。

「はあー、どうせ馬鹿みたいになって反対だー反対だー言うて、自分とこの林地をちょっとでも高く売り付けようって魂胆ずらが。この頃らーがんこにろくでもないもんばっかり揃ってからに、あれでも中学出るまではこの山におったずらが」

馬鹿馬鹿しいとばかりに腕を組んで身を反らせた一之助は、腹立たしげに鼻を鳴らし首を振る。そんな彼をなだめるように茂さが口元に笑みを浮かべ頷いた。

「そんでも一度街に降りたらなまなかには山の仕事はできんずらよ。あれも色々大変らしいずらで。一番は嫁さんでよう、下で生まれて育ってるから山の暮らしが合わんくて、半分おかしくなってきとる。子供ら行かせる塾もねえとか言って毎日夫婦喧嘩しとるらしいずら。子供らはうちの孫らと一緒に虫取りしたり、鮎取りにヤスもって川筋駆け回ったりして、がんこに元気に遊んどるがのう」

「ほうか、嫁さんがのう。昔も街から嫁いできた娘っこがちょくちょく気が違って騒ぎ起こしたずらが。そんで、何とか山降りる算段つけようってやたらと息巻いて騒いどるずらか」

じっと考え込むように目を閉じた一之助は、おもむろに机上の湯飲みを掴み、すっかり冷め切ったお茶を顔をしかめながら一口含んだ。

「一さあだって街の学校へ行っとったから、下の暮らしがええのは知っとるじゃろ。わしらは生まれも育ちもこの山ん中だからわかんがのう」

二人の会話をずっと聞いていたらしく、前に座った輝っちゃが細い首を後ろにねじ曲げ、赤ら顔の眉間に少し皺を寄せ相づちを打つ。

「わしが下におったのはがんこに昔のことずらが。あの頃ら戦争が終わったばっかで下の方は食いもんもろくにのうて、だんごかなかったずらよ。山に帰ってきたときはほっとしたくらいずら。はあー……まあ、そんでもこの頃はここらの娘っこも若い男衆もすぐに下へ降りとるからのう。しょうがねえずらか」

「ほうじゃ、ほうじゃ、近頃は世の中もがんこに変わったでのう。山は年寄りばっかずらが」

三人の山の男は、ほうっと長くため息をつき、沈黙という彼ら特有の感情を持ってむっつりと黙り込む。

そんな彼らをよそに、高速道路建設に伴う用地買収の会合は収拾のつかないまま、うやむやの内に終わろうとしていた。

「それでは時間も頃合いになりましたので、皆さんの意見の違いもありましょうが、問題点につきましては、また次回の会合の時ということで……」

進行役を続けていた組合長が、この不毛極まりない会合をなんとかお開きにしてしまおうと口を開いた。

「えー、ここで最後に、高速道路建設の用地買収にも速やかに応じ、あまつさえ古くから守ってきた大木の伐採をも快く承諾してくれました、一之助さんに一言頂きたいと思うのですが」

続けて飛び出した組合長の言葉に帰り支度を済ませ腰を浮かしかけていた一之助がぎょっと身を堅くして壇上を凝視した。

そんな彼に目を合わせた県林政課の職員も促すように頷いてみせる。

一之助は困惑の表情を浮かべつつその場に立ち上がったが、ふと今日村社の前で組合のよし坊に念を押されたことを思い出し、この事態にようやく合点がいった。

「なんか、話があったずらか」

横合いから茂さが驚いたように声を掛ける。

「いや、なにも聞いとらん。まあ、ええ、話ぐらいはするずらよ」

不機嫌そうな声で答えた一之助は、ざっと集会室を見回し、今自分を見つめる林家の面々に鋭い視線を走らせた。

「わしはこの山ん中に高速道路を通すちゅうことに賛成しとるわけじゃない。正直な話、わしら年寄りには迷惑ずら。林地売ったのも、伐採の話を受けたのも、しょうがねえからずら。決まった事にどうこう言ったところでどうにもなりゃせん。しょうがねえ事はしょうがねえずら。そのしょうがねえことで無駄な時間を使うくらいなら、鋸歯の目立てしたほうがずっとましずらが」

一之助の喉から低く良く通る声が集会室に滔々と響き、皆はその重さに飲み込まれたように押し黙った。

一瞬の間を置いて二、三の若い男達が立ち上がり皆同じ様に口を開いたが、すでに一之助は背を向け歩き始めていた。

そして静かに集会室から出ていった。

「チリチリリ」「チリチリリ」どことなく秋の虫の音色を思わせる不思議な響きが、僅かな金属音を含んで耳に届く。

時刻は朝七時を回った頃だというのにまだ薄暗く、気味の悪いほどの静寂に包まれている。それも全て辺り一面を覆い尽くす乳白色の朝霧のせいだった。

山間の清澄な大気に溶け込んだ細かな水の粒子は渦を巻き、ある所では濃く、またある所では淡く対流し幻想的な美しさを醸し出している。

春と秋、降り注ぐような満天の星空が普段にも増しその煌めきを強く放った翌朝は、決まって天竜の山々の谷筋から霧が湧き上がる。

岩を木々を草や小石までもしっとりと濡らし上げた朝霧は、鳥達のさえずりや、滔々と流れる沢音までもすぐに飲み込み消し去ってしまう。

しかしそれもほんの一、二時間。

黄色い陽光が白色に変わる頃には綺麗さっぱり空に昇って消えてしまう。後には決まって雲一つ無くただただ碧い空が広がるのである。この霧が出るおかげで、谷筋の緩やかな斜面に作られた茶畑では良い茶葉が取れる。谷間が白色に包まれれば包まれるほどに色が良く味わい深い上等な茶が出来上がる。茶ばかりではない、林内の薄暗がりに組まれたほだ木にもしっとりと程良い水分が行き届き、傘の厚い上等な椎茸を作り出す。

それはまるで、山の自然に豊かな恵みをもたらすミルクのようなものだ。

朝霧とは色合いの違う青い煙が、背を丸め地面に座り込んだ男の脇から細く天に向かって立ち昇っている。

今まで動かしていた手を止めた一之助は、一斗缶の中で踊る小さな炎をのぞき込んでほっと一息ついた。

「はー、今日はがんこにけぶる日だのう」

水気の濃い空気を吸って呟くともなく声を出した一之助は、腰の剣帯から鉈を引き抜き、摑み上げた杉の枯れ枝を叩き折ると火の中にくべ入れた。途端に細かい火の粉がふわりと舞い上がりオレンジ色に輝いてすっと消える。

幾分勢いが増した炎火から目を逸らし、握り持つ鉈を剣帯に半ば差し込んだ所で一之助はふとその手を止めた。

再び引き抜いた鉈をゆっくり持ち上げ、目の前に翳す。じっと凝らして見つめる一之助は、青白く研ぎ澄まされた鉈の刃に僅かに薄く曇りが浮いているのを見付けると、つと立ち上がり歩き出した。

そこは昨日一之助が荷物を運び上げた、林内の小さな平地だった。

一之助はブルーシートの被いを掛けた道具置き場から、水の入ったポリタンクと、砥石を入れた腰袋を引き出すと、たき火の側に戻って腰を下ろし、静かに鉈を研ぎ始めた。

山の男は何よりも道具の手入れを大事にする。

仕事の出来やその能率はひとえに道具の良し悪しで決まる。それは全ての職人共通のことだろう。特に刃物は手入れが第一だ。

ただ研ぐとは言ってもそう簡単なことではない、まともに仕上げが出来るまで鋸刃の目立てやあさり出しで一年、片刃の鉈で二年、両刃の斧に至っては最低でも三年掛かる。一之助とて、山に入った初めの内は何度となく先輩にどやされ、手入れのコツを覚えたものである。

それが熟練の域に達すると格段に切れ味の保ちが良く、滅多なことでは欠けることのない見事な刃がまるで魔法の様に研ぎ上がるのだ。言うまでもなく極めて腕の立つ一之助は、僅かに砥石を鉈に当てただけですっかり綺麗な片刃を仕上げてしまった。理屈ではない、長い年月によって磨き上げられた職人の技とはそういうものだ。

ようやく満足のいった一之助は、鉈を剣帯に仕舞い込むと、先ほどまで続けていた仕事に戻っていった。

再び「チリチリリ」「チリチリリ」という不思議な音が彼の手元から流れ出す。

計ったように規則正しい間隔で沸き上がる音は、聞く者に心地良ささえ感じさせる。

流れるように一つの完結した動きを見せる彼の手には、鈍く光る丸ヤスリが握られていた。滑るように前後する一之助の腕の下には、あの巨大なチェーンソウの長いソウブレードが伸びていた。

一之助はチェーンソウの刃を研いでいたのだ。

長いチェーンに取り付けられた何十もの角刃一つ一つに親指の腹を当て、刃の出来具合を確かめつつ丁寧に素早くヤスリを当てていく。彼の手によって目立てされた刃はどれも皆寸分違わず同じ角度を保ち、美しい銀光を放っていた。

彼が目立てを終えた頃には濃厚な霧も何時しか消えて無くなり、滔々と響く沢音が谷筋を渡り辺りに響き始めていた。

手入れの済んだ巨大なチェーンソウを担ぎ、肩にワイヤーを掛けハンドウインチを手にして杣道を登り始めた一之助の背に、ようやく尾根を乗り越えた春の淡い日差しが杉葉の間を抜けて届き、美しいモザイク模様を描き出していた。

常人ならば持つことすら困難な重量の山道具を身につけ、一之助は息一つ乱す事なく湿った山土を踏みしめて登って行く。

急な斜面を巻き上がって続く杣道の先には、あの古木が辺りの木々を突き抜け、天に向かって大きく伸び上がっている。黒々と春空を埋める勇壮な姿は、あまりの巨大さ故に見る者に不思議な錯覚を与える。一歩一歩確実に近づきつつあるはずの距離感が喪失し、どれだけ進んでも遥か彼方に在るようにも思えてくる。そしてくらくらと目が眩む頃、忽然と目の前に長大な檜皮の壁が現れる。

だからこそ巨木には神が宿り、秋葉山の天狗が舞い降り、月夜に狐狸が宴を開き、山犬が群れ集い、人々は畏敬の念を抱いたのであろう。

ところがいつもは幾度となく梢を仰ぎ見る一之助が、今日は一度も面を上げず視線を足下に落としながら黙々と足を運んでいる。

大地をがっちりと握り締め、化石の如き木肌をさらすたくましい根が瘤になって盛り上る根元に立った時ですら、一之助は決してその視線を動かそうとはしなかった。

黙然としてその場に立ち止まり、担ぎ上げた道具を静かに降ろすと、檜の香と森土の匂いが入り交じる大気をゆっくりと吸い込んで僅かに乱れた息を整える。

何処からかまださえずりきれぬウグイスの鳴き声が「ホーケキョ」と短く湧き上がり、辺りの木々に跳ね返った。

手際よく降ろした荷物から、ハンドウインチと輪状に巻き上げたワイヤーを持ち上げた一之助は、そこでようやく巨木を見上げた。

その瞳は冷たく乾き、もはや己の感情は何も映さぬほどに澄み切っている。彼はまずゆっくりと幹に沿って歩き出す。そしてぐるりと檜を一回りすると、考え込むように一度立ち止まり、しばらくしてまた歩き出す。キラリと瞬く木漏れ日を受け、ゆっくりと歩み続けるその様は、まるで一人の哲学者が深い思索に耽っているようであった。

彼の意識はすでに巨木には向けられず、樹冠と周りの木々に向けられていた。そしてある一点に達すると張り付く様にピタリと立ち止まった。

一之助の視線が山の法面を上の方に向かってじわじわと這い上がって行く。すでにその斜面の檜は全て伐採され、濃緑色の森に黒褐色の裸地が五十メートルに渡りポッカリと開いている。そこは巨大な檜を伐倒する為、一月程前伐り開いておいた場所であった。

彼は十分に段取りを見極め、準備の済んだ伐倒方向を確認して何度も巨木の周りを回ったのである。慎重に慎重を重ね納得のいくまできっちりと時間を掛ける。そしてどれほど些細なことであろうとも決して手を抜かない。これこそが本物の樵仕事なのだ。

山の作業は絶えず予想を上回る危険を伴い、己の命、時としては仲間の命が掛かっている。一瞬の気の緩みが即座に死に繋がる。

それほどまでに林業という世界は過酷だ。

更に彼の選んだ伐倒方向が尋常ではない。

急峻な山の斜面のその頂に向かって木を伐り倒すのだ。これは古くから林業を行う地方でしか行わない一種独特な方法である。

何故、山に向かって倒すのか。その答えは倒した材の傷みを極力少なくするためだ。当然、斜面に立つ木を谷に向かって倒せば、地面と接するまでの距離が長くなる。従って倒れる加速度も木が高くなればなるほど、地面との角度が大きくなればなるほど早くなる。結果として伐り倒された木は接地と同時に激しい衝撃を受け、場合によっては太い幹の真ん中から折れてしまうことさえある。そこで少しでも材をいたわりその価値を高く保とうとする腕のある山の男達は、角度が小さくなる山に向かって伐倒するのだ。

だが、この伐倒は大きなリスクを伴う。公に発行されている立木伐採の教本には避けるべき危険な作業と明記されている。

谷に向けた場合と違い、山側に倒した木はしばしばその根元に向かって急な地面を滑り落ちて来る。もちろんそこに立つ者は木を伐った人間ただ一人。

現にこの手の事故で丸太に吹き飛ばされ頸骨を折って命を落とす者もいる。また跳ね上がった材の下敷きになる事さえある。

起こりうる事故はそれだけではない。伐り倒した木は当然そのままの姿で山からは引き出す事は出来ない。枝を払い、材の具合に合わせて三メートルから六メートルの丸太に切り落とさなくてはならないのだ。この場合、その作業は必ず木の根元から梢に向かって斜面を登りながら行う事になる。

この作業が更に危ない。谷に向かってこの作業をすれば切り払った枝も、幹も自分から下方向に転がり落ちるが、山に向かって行う場合は伐り払った枝は全てその作業者目掛けてのし掛かってくる。その時、作業者の手には轟音を立てチェーンを回すエンジン式チェーンソウが握られている。僅か数キロの枝に押され、自分の太股を骨まで削ってしまった者がいる。肩口をざっくり割ってしまった者や、脇腹を内蔵まで裂いた者もいる。

　山で大怪我をした者は、十中八九命を落とす。深い山中から病院までの搬送に最低数時間を要するからだ。為に、よほどの幸運に恵まれた者でなければ大抵手遅れとなって助かるはずの命をあっけなく無くしてしまう。

　しかし、何よりも木を大切にする樵達は決して谷に向け木を伐り倒さない。

　一之助が今回伐倒する檜は胸高直径が軽く二メートルを超す巨木だ。その仕事は困難を極める。だが彼は臆することなく決まった通りの準備を淡々とこなして行く。

　まず繫索を檜の太い幹に回しワイヤーを掛け、更にそれを慎重に伸ばしてハンドウインチに通す。巨木から二十メートルほど離れた切り株を一つ選び、その根元を掘って根と幹に何重にもワイヤーを巻き付けた後、ウインチを結び付けがっちりと固定した。

　更にもう一本ワイヤーを檜に回し、同じ手順で二つ目のウインチを固定する。

　伐倒方向に対してちょうど六十度の仰角をもって二本のワイヤーが張り上がった。

　一之助はウインチと巨木の間を往復し、幾度となく具合を確かめ自分の思い描いた形に仕上げて行く。

ようやく極まったハンドウインチに鋼鉄のレバーを差し込み、両手でしっかりと握り締めた一之助は、ゆっくりと前後に動かして巨木に繋がるワイヤーを一トンという巨大な力で引き絞って行く。僅か直径八ミリのワイヤーに凄まじいテンションが掛かり、ピンッと一本の銀光となって跳ね上がる。だが、二つのハンドウインチをただ闇雲に動かし二本のワイヤーを張ればいいというわけではない。等しく同じ力が檜に掛かるよう微妙な力加減を必要とする。

例えれば巨大なタンカーを二隻のタグボートで引くようなものだ。少しの速力のずれで巨大なタンカーは簡単にその航路を外れ、一度狂った力の軌道は容易に修正できない。一歩間違えば座礁である。巨木を伐倒するという事は全くそれと同じだ。いやそれ以上に難しい。いったん大地を離れた大木が大地に接するまではほんの数秒。失敗すればもはや手の施しようがない。もちろん、どの程度の力が檜に掛かっているか計測する計器などハンドウインチに付いていない。頼りとなるのは、積み重ねた経験と神業的な感覚のみである。

一之助はただ黙々とワイヤーを引き絞って行く。その動きには一つの澱みもなく片々たる迷いも無い。己の技に万全の信頼が持てるからこそである。

ようやく二本の誘導線を張り上げた一之助は、檜の巨木に歩み寄りそのたくましい幹の後ろから伐倒方向を睨め付けるように見透かした。

「まあ、こんなもんずら」

ほとんど感情の表れない淡々とした呟きを口にすると、腰袋から小さな日本酒の一合瓶を取り出し、静かにキャップを外し巨木の根元に向かって注いだ。

途端に鼻を突く酒精の香りが立ち上る。

それは遥か古の時には神が降り立ったであろう巨木への清めの御神酒であった。

苔生した岩の如き木肌を打つ密かな酒の音を耳にした瞬間、一之助の脳裏に六十年前のある記憶が突如として蘇ってきた。

何故こんな時になって思い出したのか彼にはまるで分からない。

だが、彼の目の前にははっきりと一つの情景が浮かび上がった。

そこにはまだ少年であった一之助が、黒い瞳を輝かせ檜の巨木を見上げ立ち尽くしている。

一人ではない、彼の横には少し俯いた若者が笑みを浮かべ立っている。その青年は若くして空に散った彼の兄であった。

「この木はきっと百年経っても何も変わらないな」

「なんで、ここに一本だけ残っちゃったんだろう」

頭に浮かんだ疑問をすんなり口にした一之助は、久しぶりに交わす兄との会話が嬉しかった。

「どうしてだろうな。上手い具合に地味がこの木にあっていたのかな。それで他の木よりも早く大きくなった。昔、周りの木がちょうど材に出来る時には、育ちすぎて伐っても降ろせなかった。だから、どんどんこの一本だけ大きくなった。索道を作って伐り出せるようになってからは、ちょうどこの場所が索道の先柱にも元柱にも具合がいい。で、伐られず残った」

思慮深げに腕を組み、ゆっくりと紡ぎ出された兄の明瞭な言葉は、少年の一之助には心地よく響いた。

「じゃあ、ものすごく運が良い木だね」

一之助の尊敬に満ちた眼差しを、眩しげに受け止めた兄は静かに頷いた。

「そうかもしれないが……違うかもしれない」

兄の不思議な答えにしばらく黙り込んだ一之助は、不意に浮かび上がったある思い付きを口にした。

「そうだ！　この木の檜皮を兄さんのお守りにしたらいいんだ。ものすごく運が良い檜だから御利益だってきっとある」

自分の考えに喜んだ一之助がなんの躊躇もなく剥がれ掛かった一片の檜皮に手を伸ばすと、鋭い声がそれを遮った。

「まて！　それは必要ない。お国の為に命を尽くす覚悟をした者が、今更命惜しさに幸運に縋ろうなどと思うわけにはいかない。ほんの小さな事でもここぞという時に、決心が鈍ることもある。気持ちは嬉しいが、お守りを作るならお前が持っていろ」

一寸驚いて身を堅くした一之助はすぐに大きく頷いた。

「お国のためにはその方が良いですね。僕もお守りなんて持ちません」

弾む声で手を止めた一之助の純真な様に苦笑した兄はつと視線を逸らし空に向かって伸び上がる巨大な檜をじっと見上げた。

「お前は持っていた方が良い」

その時、兄がぽつりと漏らした小さな呟きは一之助の耳には届かなかった。

兄が帰らぬ人となって六十年近い年月が過ぎ去った。昨日のことのように思い出されたその情景も遥か彼方の遠い時間だ。ふと気が付けば、一之助は敬愛してやまなかったあの兄の三倍以上歳を取っている。

何故か自分だけが取り残されてしまったような寂寞とした想いが、一之助の胸の内に湧き上がった。お守りにしようと思いついたこの木も、今日彼自身の手によってその長い幸運に終止符を打とうとしている。あと五年もすればこの霧深い山奥にも高速道路の巨大なコンクリートの支柱が立ち並ぶことだろう。

大いなる変化は突如として湧き起こるものなのだ。

一之助は古い記憶を振り払うように力強く柏手を打ち、小さく頭を垂れた。

すうっと小さな呼気が彼の口元から漏れ聞こえた。

途端に一之助の体から人の気配が消えていく。姿はそこにありながら、人ではない別の何かに変わって行く。

静かに面を上げた彼の顔は全ての筋肉が岩のように引き締まり、まるで能面の様に表情が消えている。そして鋭い眼差しの奥からじわじわと白い光が湧き上がる。

普段の一之助を知る者は、今の彼を同じ人物とは思えぬであろう。真の樵は命懸けの仕事に相対した瞬間鬼となる。

彼らが立ち向かう相手は優しい母なる自然ではない。太古の頃より恐れ畏怖され、あまりの凶暴さ故に神とさえ崇められた冷酷にして非情な大自然なのである。

だからこそ人外の者にならなくては戦うことすら叶わない。

一之助は足下の大型チェーンソウに手を掛けると、力強くスタータープルを引き絞る。「ドドドドドン」とたくましい排気音と共に、排気量百ccの二ストロークエンジンが一発で目を覚ました。彼は素早く二度三度アクセルトリガーを引き絞り、凄まじい轟音を山中に響かせた。

ソウブレードに十分チェーンオイルが行き渡ったのを確認した一之助は、巨大なチェーンソウをゆっくりと持ち上げ巨木の幹に歩み寄った。

そしてくるりと檜に背を向け二本のワイヤーが導く伐倒方向を、じっと見つめる。

ほんの僅かでも切り損じれば、重さ数十トンの古木はどのように暴れだすのか予測が付かない。失敗は全て命に関わる。慎重に一之助は刃を入れるべき幹の場所を見極めていく。

伐倒と一口に言っても、ただ闇雲に幹を切ればいいというものではない。

まず伐倒方向へ木を導く「受け口」をその時々の条件に合わせ、幹の四分の一から三分の一程度楔形に切り込んで作らなくてはならない。これが上手くいかなくては、どれほど綺麗に水平な「追い口」を後ろから切り込んでも、木は思い通りには倒れない。

一之助はここと決めた幹の一点に目を凝らし、頭の中に切り込まれた受け口の様を何度も思い描いて行く。

今日、一之助はまだ一度も幹に触れていない。今朝のように朝靄の湧く前の晩は毛ほどの風も吹かない事を十分に心得ているからだ。

今日の巨木はすっかり落ち着いている。

不意に身を屈めた一之助はがっしりと足を踏ん張り中腰の姿勢を保って、なんの躊躇もなく長大なチェーンブレードを巨木の幹に押し当てた。

間髪入れずチェーンソウの排気管から猛然と白煙が立ち上がり、深閑とした森の木々を爆音が打ち震わせる。

真っ白な切り屑をバー先端から吹雪のように舞い上がらせ、長大なチェーンブレードが褐色の檜皮にぐいと食い込む。

激しく身震いする巨大なチェーンソウと一体となった一之助は、その痩身を中腰のままピクリとも動かさず、幹に潜り込んで行くチェーンブレードをじっと見つめ続けた。

と、その時である。

突如「パンッ」と硬質な金属が弾けるような甲高い音が響き、素早く身を反らした一之助は大きく後ろに跳ね飛んだ。

同時に辺りは不気味な静寂に包まれる。

「チェーンが切れたずら」

思いも寄らぬ出来事にも眉一つ動かさず、一之助は感情の無い乾いた口調で呟いた。

そしてゆっくりとチェーンソウに近づいて行く。

チェーンが切れた瞬間、彼がとった俊敏な身のこなしは、まさに神業であった。

強力なエンジンパワーに押し出され、断ち切れた途端、蛇のように身をくねらせ鋭い刃と共に絡み付くチェーンを巧みに交わしたばかりか、冷静にキルスイッチを切り、エンジンを止めた動きは流石としか言いようがない。現に同様の事故で絡み付いたチェーンのエッジが腕や足を切り裂き、大きな怪我をする者が数多い。

「新品のチェーンに張り替えたばかりずらが」

僅かに首を捻り、チェーンソウを切り込みから外した一之助は、幹の中に何かを見付け慎重に手を伸ばすと摑み出した。

掌に転がるそれを目にした瞬間、彼の表情に劇的な変化が湧き起こった。

今まで鉱物のように固まっていた顔にむらむらと赤みが昇り、鋭い眼光はすっと消え失せ、細めた眦にうっすらと涙が滲んだ。

「こんな所にまで残ってたかのう」

声にも感情を露にした一之助は、ゆっくりと手を上げ掌に乗るその物体を陽にかざした。

少しひしゃげ、鈍く光るそれは機関砲の徹甲弾だった。

今更言うまでもなく、一之助が拾い集めたあの薬莢から発射されたかもしれぬ戦闘機の機関砲弾頭である。

谷深い天竜の山全体が若葉の萌葱色に輝く初夏、抜けるような青空に繰り広げられた美しくも悲壮な空中戦。多くの若者が命を落とし、きつく拳を握りしめ、まだ少年だった一之助が見つめ続けたあの死闘の小さな痕跡が、六十年という時を経て彼の目の前で忘れ得ぬ記憶の塊となり静かに光を放っていた。

それはジュラルミンの機体を貫き、アクリルの風防を突き破り、日本のそして米国のまだ少年の面影を残す若者の命を奪った恐るべき一弾なのかもしれない。

一之助は冷たい弾頭を力強くぎゅっと肉厚の掌の内に握り込むと、その場にどんっと腰をつき、空を覆い尽くす檜の枝葉を見上げた。

「兄ちゃん。やっぱりお守りは持っていったほうがよかったのう」

一之助の体からあの鬼気迫る気配は跡形もなく消え失せ、小さく肩を落としたその姿はもはや山の男のそれでなく、ただただ一人の乾いた老人であった。

凍り付いたように身を堅く縮め、ぽつんと地面に腰を下ろした一之助が、夢から覚めたようにうっそりと面を上げた時には、初春の淡い日光がすでに天頂にさしかかり金色に輝く美しい紗を森の中に何枚も広げていた。

ふらりと立ち上がった一之助はゆっくりと道具をまとめ、大型チェーンソウを担ぎ上げると、静かに檜の巨木に背を向けた。

そして、なんの躊躇もなく杣道を降り始めた。

「わしは止めたずら。あの木は伐れん。邪魔なら誰でも好きな様に伐りゃあいいずら。だが、わしは伐らん。わしには伐れん」

何度も同じ言葉を念仏のように呟く一之助の姿が、沈むように濃緑色の森の中に消えて行く。

彼はまさに今、樵として五十年間守り続けた己の誇りを捨てた。

命懸けで戦うべき自然に対し、山の男としては殺さねばならぬ自らの感情を選んだのだ。

檜はきらきらと無数の木漏れ日を煌めかせながら、初春の山に佇んでいた。

メッセージ部門

最優秀賞

桶《おけ》ヶ谷《がや》沼《ぬま》の夜《よ》明《あ》け

宮司《みやじ》　孝男《たかお》

朝が来た。今まで真っ暗だった東南の空が少しずつ白く明るくなってくる。七月二十五日の午前四時半、夜はもう終わりだ。太陽が昇る、というより地球が回転して闇の世界が光の世界へと移っていく。空はわずかなあいだに黄金色に染まり、さっきまで瞬いていた星たちは姿を消していく。鋼鉄のように限りなく群青に近い色をしていた沼の面が金色に変わり始める。夏の朝の生まれたばかりの風が沼を渡っていく。薩摩芋のような形をした周囲一・七キロメートルほどの桶ヶ谷沼が目覚める。沼を埋め尽くすほどに生えた葦や真菰が囁き始める。その声に眠りを破られたかのごとく、きょう一番目の蜻蛉《とんぼ》が飛び立った。

蜻蛉は私たち人間がこの地上に現れるずっと前から、もう、地球の大気の中を自由自在に飛んでいた。古生代の石炭紀にはすでに出現していたらしい。それから三億年ものあいだ、蜻蛉は北極や南極といった極地を除いた地球上のあらゆる場所に存在し続けた。もちろん絶滅した種類もあるだろうが、現在、世界には約五千五百種、日本には二百種、そしてそのうちの七十種ほどの蜻蛉が今、静岡県磐田市の東部にある桶ヶ谷沼で生き抜いている。

午前六時。太陽は地上から三十度の角度に昇っている。二時間前までは骸《むくろ》のように黙り込んでいた森や田圃や畑は生を取り戻したかのごとく、輝き始める。沼の面は金色から白く変化し、気が付けば空の水色とそこにもくもくとわきあがる夏の雲を映している。

蜻蛉の影がよぎる。右から左へ、左から右へ、そして手前のほうから向こうに向かって数匹の蜻蛉が飛び交う。シオカラ蜻蛉、ハラビロ蜻蛉、ショウジョウ蜻蛉、チョウ蜻蛉。ベッコウ蜻蛉も、と言いたいところだがベッコウ蜻蛉はこの時期には、もういない。絶滅危惧種として保護されているベッコウ蜻蛉は四月から五月頃、この桶ヶ谷沼に多く飛翔するが六月には姿を消してしまう。七月の今、ベッコウ蜻蛉の姿は見えないにしろ桶ヶ谷沼が蜻蛉の楽園であることに違いはない。

午前七時。太陽はさらに高い位置にある。地上から四十五度ほどの角度だ。風が再び沼を渡っていく。縮緬状の細かな波が生きものみたいに動く。棒を刺したように沼の面に突き出している枯れた葦の先にシオカラ蜻蛉がとまる。前の足でしっかりと茎を摑んでいる。葦が揺れる。蜻蛉も揺れる。揺れながら両方の羽を少しずつ下げていく。四枚の羽に太陽の光があたっている。きらきらと輝く。砕けたガラスの破片のようだ。

私が子供の頃、父に蜻蛉を捕ってもらったことがある。今から六十年も前の、昭和三十年代のことだ。夏休みに入って間もないある日のことだった。虫捕り用の網をいくら振り回しても一匹も蜻蛉の捕れない私を見ていた父は私の手から網を取ると、庭の隅にある大きな岩にシオカラ蜻蛉がとまるのをじっと待った。蜻蛉は岩の周りを行ったり来たりしていたがやがて岩の端に降りた。私は父を見た。父はすぐには網を振り上げなかった。蜻蛉は安心したようにだんだん羽を低くおろしていった。羽と岩がぴったりとくっついた瞬間、父は網を素早く蜻蛉にかぶせた。蜻蛉が網の中でもがいたが、もう、逃げられなかった。私は岩と網の隙間から手を入れ、蜻蛉の羽をそうっと摑むと虫籠に入れた。蜻蛉は枯葉のような乾いた音を立てて籠の中で羽をばたつかせた。その虫籠は土間の柱に吊るした。夜になって晩御飯を食べたあと、家族で表に出て縁台に座り西瓜を食べた。祖父、祖母、父、母そして四人の兄と私の九人で。轡虫のがちゃがちゃと鳴く声が畑のほうからうるさいくらいに聞こえた。祖父と祖母は戦死した息子の話をし、兄たちと私は昼間買ってきた線香花火や鼠花火に火をつけた。父と母はそんな子供たちを団扇を使いながらそばで見ていた。

翌朝、蜻蛉は虫籠の中で死んでいた。

九人いた家族のうち明治生まれの祖父、祖母、大正生まれの父、母はすでに亡くなり、四人の兄はそれぞれ家庭を持っている。私は、といえば、自立した子供たちとも離れて一人で暮らしている。

午前八時。真夏の太陽は頭の上近くまで昇り、強い陽射しを沼の面に注ぎ続ける。蜻蛉たちの数はさらに増えていく。ハグロ蜻蛉、アオ糸蜻蛉、そしてカワ蜻蛉。

沼の周りの森では熊蟬、油蟬、ニイニイ蟬たちが激しく鳴き立てる。風が、また沼の面を渡っていく。水面に映った夏の雲が崩れる。雉子鳩が椎の木の枝でくぐもった声で鳴く。

桶ヶ谷沼の周辺にはせせこましい現代とは無縁の、悠久の時間が流れているような気がする。そして、文明を築くことに忙しかった私たち人間がどこかに置いてきてしまった、ある意味で文明よりも大切ななにかが存在しているような気がしてならない。

オオギンヤンマ、飛ぶ。

優秀賞

沼津《ぬまづ》と深海魚《しんかいぎょ》

鈴木《すずき》　敬盛《たかもり》

沼津は水族館のまちである。人口二十万人の地方都市に、伊豆・三津シーパラダイス、あわしまマリンパーク、沼津港深海水族館の三つの水族館が存在する。加えて、旧戸田村の駿河湾深海生物館には、三百種もの海洋生物の標本が展示されている。いずれも深海魚の展示に特色がある。

沼津の人たちは、なぜか水族館が好きである。とりわけ深海魚が好きである。沼津生まれの私も幼少の頃、家族で水族館へ行くのを楽しみにしていた。人間よりも大きなタカアシガニや不格好なアンコウを見るのが好きだった。水槽の分厚いガラスの先は、水深二千五百メートルの駿河湾につながっている。駿河湾は日本で最も深い湾である。海底には、得体の知れない生き物が棲息している。水揚げされた海洋生物は一様に目が飛び出し、ゼラチン質のヌメヌメした体をぐったりさせている。泥酔して帰宅した中年男が奥方にたしなめられているときのように、何かにじっと耐えている。

沼津には深海魚がよく似合う。沼津ゆかりの文人も、そんな深海魚に創作意欲を掻き立てられたに違いない。

酒と旅をこよなく愛した歌人、若山牧水は、終の棲家に沼津を選んだ。沼津の海と千本松原に心の安らぎを見出した。

牧水とは逆に、生まれ故郷の沼津を去ることになった歌人、明石海人。ハンセン病の治療のため、教師の職と家族との平穏な暮らしを諦めて、遠く離れた瀬戸内海へと旅立った。好んで沼津にやってきた牧水と、好まずして沼津を去ることになった海人。

牧水が沼津に移り住んだのは大正九年のこと。同じ年に海人は近郊の尋常高等小学校で教職に就いた。牧水の死去は昭和三年、海人が兵庫県明石郡に向かったのは昭和二年。二人には、七、八年の間、出会うチャンスがあったはずだ。しかも、牧水が最後に居を構えた千本は、海人の実家があった西間門から歩いて三十分の距離である。だが、二人が出会った記録はない。海人は、療養生活の中で短歌に生きがいを見出した。直接的な交流のなかった二人だが、どちらの歌人も深海魚を題材にしている。

海底に眼のなき魚の棲むといふ眼のなき魚の恋しかりけり　牧水

シルレア紀の地層は杳きそのかみを海の蠍の我も棲みけむ　海人

明石海人研究の第一人者、岡野久代氏は自著『歌人　明石海人〜海光のかなたへ〜』の中で、前出の歌を並べ「底流において同一である」と評した。「そこに系譜として認められるテーマが存在する」と論じた。

牧水は沼津にやってくる以前にこの歌を作っていた。人妻との失恋の歌である。沼津に移り住んで「眼のなき魚」を手に入れた。

海人は沼津を後にし、瀬戸内海の長島でこの歌を詠んだ。自らを「海の蠍」と揶揄した。辛い闘病の歌である。創作の源泉こそ違うが、二人の詩情は、駿河湾の海底の暗い流れにつながっているような気がする。失恋と病魔、往来と去来という違いがあるが、どちらの歌にも自嘲と諦観が漂っている。どちらも深い闇がある。二人の心には深海魚が棲んでいる。

沼津からは見た富士山は、手前の愛鷹山が邪魔をして、全体がよく見えない。同じ海沿いの富士市からの見え方とは大きく違う。海抜ゼロメートルから見上げた富士山にはスケールでかなわない。

沼津の人は富士山に頼ることができなかった。富士山だけに寄りかかろうとしなかった。富士山の高さと同じ分だけ、駿河湾の深さを知っていた。紺碧の空に浮き上がる富士山を仰ぎ見るように、群青の駿河湾の奥深くに心の闇を沈殿させた。日本一深い駿河湾の闇の中に、一点の光明を探し求めた。

牧水、海人、井上靖、芹澤光治良……。そういえば沼津ゆかりの文人にはどことなく恥じらいや奥ゆかしさがある。求道者のような気高さがある。三津浜に逗留し『斜陽』を執筆した太宰もそうだ。海底に積もった泥臭さに、思わず引きずり込まれそうになる。沼津の文学には危うい魅力がある。

千本松原に二人の歌碑が建立されている。道路を挟んで百メートルも離れていない。「幾山河」と「海の蠍」。どちらも松林に守られている。潮騒が聞こえる。そこからは、富士山を見ることができない。海人は深海魚のことを牧水から教わったような気がしてきた。

二人が盃を交わしたらどんな話をするのだろう。松の落ち葉を踏みしめながら、ふとそんな思いに駆られた。どんな酒か。つまみは何か、隣には切れ長で細面の麗人、それとも色白で豊艶な……。

乱れ散った椿の花が、両歌人の吐血のように思えてきた。松林に吹き差す晩冬の海風から身を隠すように、港湾へ急いだ。

「いらっしゃい」

クエのような大将の唇が動いた。

「今朝、ブラボウズが揚がったよ」

「じゃ、それにして」

やはり沼津は深海魚のまちである。ぬめりのあるアブラボウズの刺身が舌にまとわり付いた。牧水と海人が、すぐそこにいるような気がした。

優秀賞

秋《あき》、蓬萊橋《ほうらいばし》から

井村《いむら》たづ子《こ》

やわらかな日射しが街いっぱいに広がっている。ようやく紫外線が萎え、空から木の葉が一枚、二枚と落ちてくる。空気が遠くから澄んできて、曖昧なものがはっきりとすぐ近くに視えてくるような気がする。

秋だ。秋は外側から聴こえるものに耳を澄ますのは勿論、内側から語りかけられる風景に立ち止まることが多い。

私は特に橋の上で立ち止まりたくなる。以前、住んでいた島田市にある蓬萊橋は、橋の方から私を呼びよせてくれる。

蓬萊橋は全国唯一の木造賃取橋で、全長八九七・四メートル。幅二・四メートルで、百十数年前に架けられ、今ではギネスブックにも載る由緒ある橋だ。

橋の下から川をのぞきこむと、水は一団となって走ってくる。大井川の上流から来た水は、遅い水を追い抜き、早い水が勢いよくまわりこむ。水がまさしく筋肉であると思える瞬間でもある。川はまた家族のようでもある。真夏の強い日射しの下、木陰で木々とおしゃべりをしながら、赤ちゃん川をあやすお母さん川は、川面がキラキラ輝いて美しい。

私がもう一つ好きなのは、蓬莱橋から川を見ている人をそっと後ろから、気づかれぬように目で追うことである。川をのぞきこんでいる人の後ろ姿には独特の影がある。

蓬莱橋であろうと名もない橋であろうと、川の中に何か変わったものがあるわけではない。水の中を浮く白い泡と黒いゴミが、下流へと溺れながら流れていくだけだ。

けれども、人間には橋の上から川をのぞく姿勢をしてしか見られない、心の闇のようなものがあるのだと思う。

心など、普段近所の人の話題にもならない。そんなものを雄弁に語ろうとしたら、変わり者と見られるのがオチだ。が、この現代社会文明は発達したが、効率能率に追いまくられ自分を見失い、結果、何を誰を信用して良いのかわからなくなっている人も多いだろう。

橋はどこもかしこも吹きっさらしで、吹き抜けていて、とめどがない程自由だ。そこを歩きながら、人間は何一つ隠し出てをする必要のない川に向かって、自分を解放していくのだ。そして、思いがけず新しい自分を見つけるのだ。橋はあるがまま橋だから、故に人間を素直にさせる力がある。

多分、橋が知っているのは向こう岸だ。いや、それさえも知らないのかもしれない。向こう側に渡ろうとする人に勇気を与えているだけなのかもと思う。

短い秋の夕暮れ。蓬莱橋の下に映るのは冬に向かうきりりとした空だ。夜になれば、こうこうと輝く月が浮かぶ。不思議な事だが、川は川であっても、その水面に空や月や星までも孕むという事実がある。川の流れは去っていくと同時に、時や歴史を映す映像や鏡でもある。残ったものが、より多くの事を語りかけてくれる。

蓬莱橋は、その昔、木造ゆえに風水害の被害を受け何度も何度も壊され、そのたびに改築された古くて新しい橋だ。

「越すに越されぬ大井川」と馬子唄に歌われた、その当時の旅人の苦労を忍びながら歩いてみるのもよいだろう。

人生というものも、過ぎ去った時間の無数の欠落の上に成り立っている橋のようなものだとも思う。

大小の石を蹴り波立てながら、曲がりくねって進む川に寄りそい、スズムシやコオロギの音色を聞きながら、私は今蓬莱橋の上に立っている。

優秀賞

奥駿河湾《おくするがわん》

眞野《まの》　鈴子《れいこ》

私の住む地域は、沼津市の中心部からバスで一時間ほどの伊豆半島の付け根にある。奥駿河湾と山にはさまれた場所である。

私はこの海が大好きだ。ごみはひとつも浮いていないし、海水は青く透き通っているし、魚はたくさん泳いでいる。海の向こう側には富士山が見え、とても美しい。海へ行くと嫌なことを全て忘れることができる。だから私は、よく一人で海へ行く。昼でも夜でも、ふと行きたくなる。中でも一番小さい桟橋がお気に入りである。なぜなら、そこは最も海を感じることができるからだ。桟橋の幅は人一人分しかなく、まわりにはさえぎるものがないため、まるで海の上に立っているかのように感じることができる。とても神秘的で不思議な感覚におちいる。

しかし、私は小さな頃から住んでいるからか、この海の魅力に最近まで気付いていなかった。高校生になり、長い時間をかけて自然の少ない高校へ通学し、部活動が忙しくなるにつれて、また海に行きたいと思うようになった。自然と関わらなくなってはじめてその良さを知り、今まで気付かなかったことが本当にもったいなく感じる。

小学生の頃は毎日のように釣りに行き、潮が引けば潮干狩りをした。そして、釣った魚は自分達でさばいて刺し身にしたり丸ごと素揚げにしたり、潮干狩りでとったあさりやいいっこなどの貝はゆでたりして食べていた。海があることも海に行くことも、全て私にとって当たり前のことになっていた。

海という存在について考えるようになって、海の怖さも考えるようになった。二〇一一年に起こった東日本大震災の津波の映像をテレビで見て、とてもおどろいた。海はただきれいで楽しいだけの場所ではないと思い知らされた。私は急に海が怖くなった。いつかこの海があばれて私を飲み込み、私の住む場所を全て壊してしまうかもしれない。そんな思いが私の中にはその時からずっとある。特に私の住んでいる地域は、昔から大きな地震がくると言われていて、さらに津波による被害が一番大きいと予測されている。

しかし、私は海の怖さを知っていてもなおこの海が大好きだ。海はその怖さを持っているから、静かな海にはこんなにも心をひかれるのだと思う。私は海の恐ろしさを知らない。それでも、波が荒れているときには絶対に海には近よらない。荒れている海は、いつもとは違うとても恐ろしい海だから決してばかにしてはいけない。

私はこの先大学へ進学し、この場所を離れるだろう。駿河湾のような、穏やかで美しい海は他にはないのだと考えるととても悲しくなる。辛くなったとき、いやされたいとき、私はどこへ行けば良いのか。今は見渡すかぎり全て海で、海のない生活など私には考えられないが、ずっとこの場所にいるわけにはいかない。いろんなことに挑戦して、いろんなことを学びたい。そのときには、私はこの海を感じられるようにどこへでも持って行きたい。

優秀賞

降雪《こうせつ》、浜名湖《はまなこ》

清水《しみず》　広六《ひろむ》

湖西市鷲津。

湖岸に沿って家々が立ち並ぶ集落がある。

その集落は、その湖に静かに寄り添うようにしている。

冬場となれば、西北西あるいは西からの強風が吹いている。駅裏の湖岸をなぞるような細い道で、行き交う自動車もどこか疎らで、列を組んだりした帰途の高校生が、体を震わせて自転車をこいでいく。その細い道は片側一車線という広さではない。狭い所は五メートルくらい、大型トラックが互いに接触するほどの道幅である。

今現在、鷲津駅の近くの、ある場所にぼくは働きに来ている。そこまで通じている湖岸の細い道路は、かなり遠い昔から知っている。拡幅も行われないまま、質素な佇まいを変えずにいる、少し路面が汚れた箇所のあるとても静かな道なのだ。暑いときは、その汚れた路面から工場の鉄くずのような臭いがして、蒸した空気のなかを進んでいると、油にでも漬けられているような気持ちになる。

しかし、冬になると少し違う。

凍えそうな大気に沈んだ、道沿いの家と家の僅かな間から、細江や引佐の山々の下に、灰色がかった絵画のような浜名湖を見ることができる。それだけを取っても詩情のある、くすんだ景色である。そして、ぼくは長くこの街に住んでいるから、何度もそこの水面上に真綿色の雪が舞う景色を見ていた。

雪が降っているとき、湖面全体の景色は、北欧の物語のなかにいるみたいな、きれいな水晶に値するくらいの美観である。ある年には、降雪のなか、低い雲が、湖水の背後の山の中腹まで降りてきた。そして、映画のワンシーンのスケールで、霧で曇った悲しみの波止場と見紛う情感を醸し出した。湖岸に人はいない。

その風景は自分だけの、これからも見ることになる素晴らしい眺めなのだ。南側の貨物列車の通過が聴こえるならば、寂寥感が更に増してくる。

強風にあおられていても、北国の港のような、まるで下北半島にいるような海、それとはかなり感じが違う。

雪の乱舞、それは確かに寒い光景なのだが、内側にメルヘンの趣を秘めている。やさしく子供心に触れる懐かしいものなのだ。向こうから拒絶されることはなく、すっと自然の世界に入り込んでいく。昔に戻ることができてしまうような、不思議な。

このような温暖化した気候になると、もう二日と続くような景色ではない。

翌日には、強風になびく水面が、溢れそうに躍動しているだけになってしまう。いったい前日の幻想的な景色は何だったのか、湧き出るロマンがこぼれそうになった、昨日という素晴らしさはもう来ないのか。

九時から仕事だったと思い、その雪景色を心の奥に葬る。一瞬の煌めいた時間が過ぎ去って、ぼくは日常へ戻っていく。

ぼくは、ここの湖岸の街に住んでいる。

忘れない。

ぼくには、死ぬほど好きな自分だけの冬の景色がある。

優秀賞

Treasure《トレジャー》 island《アイランド》

岡野《おかの》 沙耶《さや》

生物、動物たちの宝庫。科学や技術に飲み込まれる前の、真の美しさを留める場所が静岡にある。それは、伊豆半島の先端である。父の転勤をきっかけに、私にとって身近な場所となった。

先月私は家族で下田市須崎の恵比須島に磯遊びに行った。島とはいっても、地続きで歩いて行くことができる。あいにくの大雨の後、一瞬の晴れ間に、潮が引いていく海に入った。一歩足を踏み入れたとたん、私は衝撃を受けた。なぜなら、今まで訪れたことのある海辺に比べて、明らかに生物が多くいるのがわかったからである。二十分もしないうちに、私と弟のバケツの中はつかまえた生物でいっぱいになった。一番多くつかまえたのは、カニである。イソクズガニなど、カニの中でも見たことがないものがたくさんいた。イソクズガニは、岩と全く見分けがつかない。岩だと思って触ると、もぞっと動いたので、とても驚いた。タイドプールでは、水に入ることなく簡単に手でつかまえることができた。私の弟は、小さいあみでゴンズイをつかまえた。かわいかったので、触りたかったが、毒がこわいので触ることができなかった。その後弟は、手づかみでフグをつかまえた。かなり大きなサイズ……。なぜあみも使わずにとれる？

私が一番楽しかったのは、岩と岩の間にひそんでいるカニを引っぱって出すことだった。全部つかまえるとものすごい数になってしまうため、いろいろな種類を選んでつかまえた。私がつかまえたカニの中には、お腹に卵を抱いているカニもいた。かわいそうなので、すぐにがしてやった。最終的につかまえたのは、カニ、ゴンズイ、フグ、エビ、ヤドカリ、小魚である。短時間でたくさんつかまえることができたため、私と弟は大満足だった。

最近は、うめ立てなどにより、恵比須島のような磯がなくなっているという話をよく耳にする。また、テレビで海の生き物が人の出したゴミによりけがをした、あるいは死んでしまったといった痛々しい映像をよく見かける。そのような状況の中、まだこれほどの生物が残されているなんて！　私はとてもうれしかった。生物の宝庫であるこの島は、タイをつり上げ、満面のえみをうかべているえびす様の名前がとてもよく似合うと思う。

恵比須島には、生物の宝庫だけではなく、長い年月を物語る岩もある。それは、ザ・ウェーブである。色のちがう土の層がしま模様を作っている。アメリカにも同じようなものがあり、それは世界遺産になっていると父から聞いた。小学校の理科で、地層は、長い年月をかけてできた物であると教わったことを思い出し、この島もはるか昔からここにあったということを改めて感じた。もしかしたら、本物の黒船を見たかもしれない。もしも運がよかったら、ペリーも見えたかも、と考えていると、とてもワクワクした。

恵比須島という宝、私たちでずっと守ろう、これからも。

選評

◇小説・随筆・紀行文部門

さらなる発展を！

三木　卓

最優秀賞受賞作は中尾ちゑこさん。「熱海残照」ときまった。題名通り、現代の熱海が舞台である。わたしの若いころは、この町はとてもにぎやかな温泉街だった。歓楽街でもあり、首都圏の人々のあそび場としても大いにさかえた。東京の企業は、しばしば熱海を自社社員の団体旅行につかった。その熱海が、バブルがはじけ、不況の訪れとともに変わらざるを得なくなった。リゾートとして使われていたマンションも、築四十年ともなると高齢者施設になったりした。

物語のヒロインは全盛時代の売れっこ芸者の娘で、六十なかば。共に暮らしていた母親の妹分だった女が、認知症になってしまったので一人ぐらしだが、ふとしたことで個人タクシーの男と知りあい、結局その男が胃ガンで死ぬまでを見とどけてやることになる。その話が中心にあって、今の町の生きている姿がえがかれる。

「非日常が日常化しているこの街は、他所から来た者やその肩書や生き方に寛大だ。お互いに比べようがない多様な人生がモザイク模様を成して漂っている」というところか。若いころ社員旅行で大さわぎしたことのある老人のわたしは、感慨をもって読んだ。

優秀作は瀬戸敬司さんの「炭焼きの少年」になった。戦後の静岡東部の山での炭焼きの生活をしている一家の日々を、少年の目から描いた。着実な語りをたどっていくと生活感がにじみ出ていて、今はなつかしい世界が展開されている。いろいろ山の暮しのことを知ることが出来、おもしろかった。

佳作になった杉山早苗さんの「白粉花」は、丹那トンネルの工事の時代のはなしで、三重県の尾鷲から流れてきた三人をはじめ、働くものたちの哀歓を描いているが、無残な人生のリアリティが浮び出してくる。以前、このテーマの作品を読んだ、という記憶があるが、あるいは改作して同じ作者が送って来てくれたのではないかと思う。力のこもったいい作品である。

未知のことを知ることが出来たということでは、県西部のキコリの日々をえがいた佳作の佃弘之さんの「杣人の森」もしっかりした作品で手ごたえを感じた。ただ小説としての流れがもうひとつ、すっきりしたかった。

熟成の手応え

村松　友視

最優秀賞「熱海残照」は、バブル時代の名残をとどめつつ、今では高齢者用の施設のようになっている、熱海のマンションを生活の場として十年ほど住む高齢の女性主人公千代が、ひょんなことで同じマンションの住人で個人タクシーの運転手である権田とのつき合いを始める……その刻々の時間が縦糸となった作品だ。そして、権田がガンで入院することになり、千代に期限つきの目的が生じる。何事も書き記されない千代のカレンダーに、にわかに色が生じてゆく。千代と権田のあいだの会話のやりとりや対し方の微妙な距離感に、高齢者同士の滋味があって面白い。千代はけっきょく、権田を最期まで面倒をみることに決めるのだが、そこまでに登場する人物たちにも、温泉のような薬効がただよっていて面白い。人生の後半にいたる者に、新たなる役割意識が芽生えてゆく筋道に、小説らしい表現がちりばめられ、生きている自分の価値に気づいてゆく主人公の心根にじんわりとした説得力があった。熱海という特殊な歴史をもつ街が主人公とも言える作品で、そこにタイトルが収斂されている。

優秀作「炭焼きの少年」は、〝炭焼き〟という知られざる世界の日常が、具体的に描かれつつ進行する作品。現代人に伝え知らせるべき貴重なテーマと、真摯に取り組む姿勢が、強く評価された。ただ、読者をみちびく主人公の目や心によって描かれる文章に、少年らしい瑞々しさより、大人の視座が感じられる箇所が多いのが、小説の完成度として気になった。

佳作「白粉花」は、丹那トンネル建設の過程をたどりつつ、そこでしか暮すことのできぬ人々の日常が、克明に描かれた作品だ。悲惨さや過酷さへの対比として登場する白粉花の存在も、暗くなりがちな作品の歯止めたる潤いをもって生きている。

佳作「杣人の森」は、木樵というほとんどの人にとって未知の世界を題材にとり、そこに生きる一之助という老人の生き方が骨太に、そして繊細に描かれた作品だ。木樵の日常や森の描き方から、ある種の神々しさが伝わってくる。チェーンソーが、作品の中で放つ光は捨てがたい。戦争時の爆撃が深い森にも傷跡を残すことへの視線も、なかなかの工夫をもって書かれている。

伊豆文学賞は、二十年という歳月の中で着実に成熟している。そして、応募作もまたこの歳月によって磨かれ、成熟している。その手応えがうれしい、今回の選考会だった。

人が生きていく悲しみと恋情

嵐山光三郎

熱海は不思議な町で、古い温泉旅館とリゾートマンションと、豪邸と介護施設と小料理屋と病院が渾然一体化している。伊豆文学賞の選考会は熱海の海に面した温泉ホテルの会議室で行われるのだが、伊豆山のリゾートマンションで一人暮らしをしていた義姉が東北大地震の二年前に亡くなった。選考会のたびに伊豆山を見て、義姉を思い浮かべる。小説「熱海残照」の主人公の千代さんは、東北地方で大地震が発生する数分前に、個人タクシーの運転手権田と知りあった。熱海芸者の娘として育てられた千代は、自宅兼小料理屋をたたんで、中古マンションを買って十年になり、権田もその中古マンションに住んでいた。相模湾を見下す高台にあるマンションからは初島や大島が見えるというから、義姉が住んでいたマンションと同じで、ひとごととは思えず、中尾ちゑこさんの筆力にひきずりこまれて、ぐいぐいと読まされた。

権田という「素性のわからぬ流れ者」が癌におかされ、余命少ないことを知った千代は、介護し、最後を看取る。静かな語り口で書かれたこの小説は、たそがれどきの人が生きていく悲しみと恋情が月めくりのカレンダーににじんでいく。

「炭焼きの少年」は農家の少年が山小屋に寝泊まりして炭を焼く日々を描いている。罠にかかったうさぎの肉を、鍋にして、ネギと一緒に煮て食べ、思わず「うめえ」と唸るシーンがいい。山小屋の上をフクロウが飛び、ホウホウと鳴いた。そのフクロウが棲む大楠の木を守ろうとする。山の木はほとんど伐採されて炭になったが、大楠の周辺は残してやりたいと願う。やがてフクロウは姿を消した。フクロウへの挽歌ともいえる小説が胸をうつ。炭俵を馬車道までおろすソリや、馬車曳き、まだ熱が残る炭窯で一晩眠る別世界、など、山の生活が活写されている。

「白粉花」は丹那トンネル工事史を、文献をもとに要領よくまとめたが、小説のプロット（構想）といった域にとどまった。ディテイルを入れてじっくりと書けばいい作品になる。

「杣人の森」は、天竜で林業に従事する老いた樵夫一之助の物語。高速道路建築で材木を伐採するうち、真鍮製の薬莢を拾う。戦争中に米軍機グラマンから放たれたものだ。遠州灘の艦隊からの艦砲射撃は、私が生まれ育った地にある天竜川大橋にもうちこまれ、浜松市中野町の生家の土蔵の白壁には機銃掃射の弾痕が残っている。戦死した兄への思いが強い一之助は一本の古木にチェーンソーを押しあてて「わしは切れん」と止めた。山の男として、樵夫として五十年間守りつづけた誇りを捨てた一之助の無念。

作品の明るさ

太田　治子

今年の第二十回伊豆文学賞審査の日、審査会場の熱海は一月とは思えない暖かさでした。駅前の通りがひとしお明るくみえたのは、よいお天気のためばかりではなく、今回の最優秀賞作品となる中尾ちゑこさんの「熱海残照」の作品の明るさがよみがえってきたからでした。ほのぼのとした余韻の残るこの作品が最優秀賞になるといいなと、読んですぐに思いました。行間から、熱海の今が匂ってくるようでした。バブルの後からの熱海の厳しい現実が描かれているのに、いつのまにか早春のふくいくとした梅の香りに包まれているのを感じました。小説は、ヒロインの滝沢千代が同じマンションの住人権田喜久雄の個人タクシーに乗るところから始まります。海岸近くの小料理屋をたたみ中古の現在のマンションに移ってかれこれ十年、二人は共に人生の黄昏期にいます。かつての熱海のリゾートマンションが、今や高齢者施設と化している。そういう現実の上に、二人のロマンスは権田が病に倒れたところから始まります。病院から戻ってきた権田をいたわる千代の優しさは、恋ではなく友情といった方がよいものかもしれません。「熟年の恋」という言葉の持つ重さがなく、あくまですがすがしい関係です。男と女の関係は、年を重ねれば重ねる程に友情が一番ということが、読んでいるとよくわかります。すばらしい内容と思うだけに、作品のタイトルはもう少しスマートなものの方がよかったのではないかと思いました。

瀬戸敬司さんの優秀作「炭焼きの少年」は、実に考え抜かれた本物の小説だと思いました。「熱海残照」が軽快な筆の運びであるのに対し、「炭焼きの少年」には一行、一行に作者の深い思いがこもっています。それがいささかの読みづらさにつながっているかもしれません。しかし、炭窯のヤニは木の涙、灰は形見か、といった一行からも伝わってくる木への愛情、山の自然のすばらしい描写、ぐいぐいと惹き付けられていきます。自然を大切にしなくてはいけないという筆者の願いが、父と子の思いをこめた会話からも伝わってきて、この小説も、最優秀作であるとよかったと思いました。

杉山早苗さんの佳作「白粉花」も、みごとな力作です。トンネルを掘るという困難な仕事には、男だけでなく女の力もあった。女の側から書かれたことに、大きな意義があると思います。

佃弘之さんの佳作「杣人の森」からも、山の自然への愛がせつせつと伝わってきます。戦争でなくなった兄への思いとつながり、目の前に巨大な檜が浮かんでくるようでした。

◇メッセージ部門

清々しさに明るい兆し

村松　友視

今回は、選考委員による票数で一位となった作品が三作あり、上位が揃ったためスムーズな選考会となった。

その中で、宮司孝男「桶ヶ谷沼の夜明け」が最優秀賞に決定したのは、最終的には文章力が抜きん出ているためだった。とくに、冒頭の桶ヶ谷沼が目覚めてゆく刻一刻の描写は見事で、そこからふっと六十年前の子供の頃に思いを馳せる呼吸もあざやか。父が捕った蜻蛉についての小さなエピソードにも親近感をおぼえさせられた。ただ、その蜻蛉が翌朝死んでいるのを見たときの子供なりの心もよう、あるいは人が生命を愛でることへの微妙な問題意識についての、ほんの少しの吐露が欲しいと私は思った。そして、最後に〝悠久の時間〟や〝文明〟に関わるひとくだりは無用、むしろ作品の美しさを殺ぐ効果になっているという気がした。しかし、朝が明けていく情景、蜻蛉が次々と姿をあらわす光景が、読後の余韻としてあざやかに目に残る作品だった。

眞野鈴子「奥駿河湾」は、当たり前と思っていた故郷のけしき、海という存在への気づきなどが素直に綴られた、十七歳の女性らしい清々しい作品だった。その飾りのない清々しさが、手だれの最優秀作につづく位置をつかむための、大きな魅力となっていた。作者がやがて成長してゆき、故郷への思いがどのように変化してゆくのか、その感受性の成長が楽しみだ。

岡野沙耶「Treasure island」は、父の勤務がきっかけとなって体験した、伊豆半島の先端である生物や動物たち、そして作者にとっての〝宝物〟のような恵比須島の魅力が、一般論に陥らない、十三歳の作者の目と心による個人の思い出として具体的に書かれているのがよかった。

鈴木敬盛「沼津と深海魚」は、二人の歌人が〝深海魚〟にこだわっていた発見と、作者自身のこだわりとを、いま少し掘り下げて書いてほしいという気持ちが残った。

清水広六「降雪、浜名湖」は、温暖な静岡県の中にある北欧や下北半島を思わせる鷲津の冬の不思議がよく表現されている作品。

井村たづ子「秋、蓬莱橋から」の水の描写、橋と人をつなげる思いがすばらしい、イメージ力のある作品だった。

若い作者が二人優秀賞に残ったのは、この賞の将来にとって明るい兆しだ。幼さゆえに書き足りぬ隙間に魅力があったり、文章にたけるゆえに起きる勇み足的な部分など、清々しさと熟成のあんばいは、むずかしいテーマだと思わされた。

はがゆさからよろこびへ

清水眞砂子

「思いを言葉にするのはむずかしくて」二十代半ば、こうこぼした私は、ひと周り上の女性に「まだ思いが弱いんじゃないの」とぴしりと言われました。こたえました。口をつぐむしかありませんでした。

最終選考に残った二十篇の作品を読むうち、よみがえってきたのは五十年余り昔のこの場面でした。技もあろう。でも、それだけじゃない。まず思いがあり、思いが技を求め、その技をみがき上げていくのではないか。こんなことを考え始めたのは、その思い自体が弱まってきているように感じられたからかも知れません。読んでいてうれしくなってしまうものに、なかなかでくわさないのです。

ですから、「桶ヶ谷沼の夜明け」に出会った時はどきどきし、選考などという仕事を忘れて、夢中になってしまいました。夜明け、桶ヶ谷沼のほとりに立つ書き手がまず心を躍らせている。地球の回転、それがもたらす刻々の変化を全身に感じ取っている。と、蜻蛉がとびたつ。書き手はその姿にはるか三億年のかなたに思いを馳せる。その長い長い時間の生命をつないできて、今、その一匹がとび立ったのだ。書き手はふと子どもの日、父親に捕ってもらった蜻蛉を翌朝には死なせてしまったことを思い出す。書き手はここでペンを置きたかったたかもしれませんが、「メッセージ部門」をちらと意識したのでしょうか。最後の数行は惜しかった。

この作品と並んで、出会ってうれしかった作品が「沼津と深海魚」でした。冒頭ちょっと首を傾げたものの、やがて語られだした若山牧水と明石海人の話に私は一気に引き込まれていきました。人妻との恋に傷つき、沼津にやってきた牧水と、ハンセン病のためにすべてを奪われて沼津を去らねばならなくなった明石海人。重なり合うこと七、八年。徒歩三十分の距離に住みながら互いを知らず、けれど、その底流には同じ闇を宿していたと作者は語り、そういえばと沼津ゆかりの文人達にもペンをのばします。その視点にはっとさせられ、うん、そうかも、とうなずきました。

「秋、蓬莱橋から」は視点がいま少し定まればとの思いを抱く一方、いや、それをこそ楽しむべきかとも思いました。「Treasure island」にはそこにうかがわれる時間の往き来を、「奥駿河湾」にはすなおな文章のよさを楽しませていただき、「降雪、浜名湖」は折々のぞく身体感覚がさわやかでした。

構成力が光った今年のメッセージ

中村　直美

メッセージ部門がスタートして七年目、最優秀賞となった「桶ヶ谷沼の夜明け」は、過去五回連続して優秀賞受賞の宮司孝男さんの作品でした。文章力はもちろん、毎回、その博学ぶりや観察力に感心させられてきましたが、今回は、蜻蛉のひょうきんさがそれらを上手く調和させ、筆者の中の少年が見える秀逸な作品になりました。その日一番目の蜻蛉が飛び立つ夜明け前から、オオギンヤンマ、飛ぶ朝まで、桶ヶ谷沼に流れる悠久とも感じる時間を、じっと筆者と共有できました。

優秀賞「降雪、浜名湖」は、作者の日常に寄り添う浜名湖の風景が題材です。冬、雪が降った日にだけに現れるというその幻想的な光景が、視覚、聴覚、嗅覚、そして皮膚からも伝わってくる臨場感がありました。ラストは、「ぼくは、この湖岸の街に住んでいる」で終わったほうが、よりメッセージ力が増したと思います。

「Treasure island」は、伊豆・下田にある恵比須島の自然と、そこで遊ぶ筆者の高揚感が、素直に描かれた作品です。カニは「全部つかまえるとものすごい数になってしまうため、いろんな種類を選んでつかまえた」……そんな生き生きとした書きっぷりが、この宝島の魅力をよりリアルに放ってくれました。

「奥駿河湾」は、富士山の見えるこの海が大好きというメッセージの中に、思春期ならではの多感な心の動きや、将来への希望と不安が見事に織り込まれた作品でした。

「沼津と深海魚」は、水深二五〇〇メートルと、日本一の深さを有する駿河湾の奥底に生息する深海魚を上手く操りながら、沼津という土地とそこに生まれた文学に対する筆者の興味が描かれた作品です。一歩引いた表現で綴られたところが、少し物足りなくもありましたが、これも筆者のいう〝沼津らしい奥ゆかしさ〟でしょうか。

「秋、蓬莱橋から」の舞台になっている蓬莱橋は、大井川に架かる全長八九六・五メートル、全国唯一の木造賃取り橋です。有名で、ある意味、特別な〝橋と川〟の情景を描きながら、実は、水の豊かな日本に住む誰もの身近にある素敵な場所に気づかせてくれる、懐の深い作品でした。

東日本大震災からやっと5年が経ったと思ったら、そのひと月ほど後には熊本地震が発生した今年、身近にある自然の素晴らしさ、そしていつもと変わらぬ日常の安らぎを描いた作品が印象に残りました。少し元気が足りないのは、現代社会のもたらした疲れが溜まっているのかもしれません。

「伊豆文学フェスティバル」について

文学の地として名高い伊豆・東部地域をはじめとして、多彩な地域文化を有する静岡県の特性を生かして、心豊かで文化の香り高いふじのくにづくりを推進するため、「伊豆文学賞」（平成９年度創設）や「伊豆文学塾」を開催し、「伊豆の踊子」や「しろばんば」に続く新しい文学作品や人材の発掘を目指すとともに、県民が文学に親しむ機会を提供しています。

第20回伊豆文学賞

■応募規定

応募作品　伊豆をはじめとする静岡県内各地の自然、地名、行事、人物、歴史などを題材にした小説、随筆、紀行文と、静岡県内の美しい風景や名所旧跡などを題材にして感じたことや大切に想っていることを伝えるメッセージ。ただし日本語で書いた自作未発表のものに限ります。

応募資格　不　問

応募枚数　小　説　400字詰原稿用紙30～80枚程度

随筆・紀行文　400字詰原稿用紙20～40枚程度

メッセージ　400字詰原稿用紙３～５枚以内

■賞

〈小説・随筆・紀行文部門〉

最優秀賞　１編　表彰状、賞金100万円

優 秀 賞　１編　表彰状、賞金20万円

佳　　作　２編　表彰状、賞金５万円

〈メッセージ部門〉

最優秀賞　１編　表彰状、賞金５万円

優 秀 賞　５編　表彰状、賞金１万円

■審査員

〈小説・随筆・紀行文部門〉

三木 卓　村松友視　嵐山光三郎　太田治子

〈メッセージ部門〉

村松友視　清水眞砂子　中村直美

■主　催

静岡県、静岡県教育委員会、伊豆文学フェスティバル実行委員会

第20回伊豆文学賞の実施状況

■募集期間　平成28年5月2日から10月3日まで
（メッセージは9月16日まで）

■応募総数　410編

■部門別数　小　　説　166編
随　　筆　36編
紀 行 文　11編
メッセージ　197編

■審査結果

〈小説・随筆・紀行文部門〉

賞	（種別）作品名	氏名	居住地
最優秀賞	（小　説）熱海残照	中尾ちゑこ	静岡県
優 秀 賞	（小　説）炭焼きの少年	瀬戸　敬司	静岡県
佳　　作	（小　説）白粉花	杉山　早苗	静岡県
佳　　作	（小　説）杣人の森	佃　　弘之	愛知県

〈メッセージ部門〉

賞	作品名	氏名	居住地
最優秀賞	桶ヶ谷沼の夜明け	宮司　孝男	静岡県
優 秀 賞	沼津と深海魚	鈴木　敬盛	静岡県
優 秀 賞	秋、蓬莱橋から	井村たづ子	静岡県
優 秀 賞	奥駿河湾	眞野　鈴子	静岡県
優 秀 賞	降雪、浜名湖	清水　広六	静岡県
優 秀 賞	Treasure island	岡野　沙耶	静岡県

〈メッセージ部門特別賞〉

賞	学校名	内容	備考
学校奨励賞	沼津市立沼津高等学校	応募数最多	賞状

第二十回「伊豆文学賞」優秀作品集
平成二十九年三月二日初版発行
定価　本体一二〇四円＋税
編　集　伊豆文学フェスティバル実行委員会
〒420-8601
静岡市葵区追手町9-6
静岡県文化・観光部
文化局文化政策課内
TEL　054-221-2254
発行人　松原正明
発　行　羽衣出版
〒422-8034
静岡市駿河区高松3233
TEL　054-238-2061
FAX　054-237-9380

ISBN978-4-907118-29-7 C0093 ¥1204E